董琳 著

步履存韵

陕西新华出版
太白文艺出版社·西安

图书在版编目（CIP）数据

步履存韵 / 董琳著. -- 西安：太白文艺出版社，2024.1
ISBN 978-7-5513-2532-5

Ⅰ. ①步… Ⅱ. ①董… Ⅲ. ①诗集－中国－当代 Ⅳ. ①I227

中国国家版本馆CIP数据核字(2024)第016904号

步履存韵
BU LÜ CUN YUN

作　　者	董琳
责任编辑	强紫芳
封面设计	风信子
版式设计	新纪元文化传播
出版发行	太白文艺出版社
经　　销	新华书店
印　　刷	西安市建明工贸有限责任公司
开　　本	880mm×1230mm 1/32
字　　数	192千字
印　　张	8.25
版　　次	2024年1月第1版
印　　次	2024年1月第1次印刷
书　　号	ISBN 978-7-5513-2532-5
定　　价	58.00元

版权所有　翻印必究
如有印装质量问题，可寄出版社印制部调换
联系电话：029-81206800
出版社地址：西安市曲江新区登高路1388号（邮编：710061）
营销中心电话：029-87277748　029-87217872

作者自述

董琳，笔名陕西楞娃、渭滨散客、松林涛声、步云等。陕西乾县人，毕业于咸阳师范专科（现咸阳师范学院），将稚嫩懵懂与浪漫留在了陕西，把莽撞执拗与奔放留存于新疆与青海，用随心率性与热情拥抱着浙江。现受聘任教于浙江大学教育学院三门观澜实验学校。从事教学工作，喜欢文学。曾参与《中小学语文作家作品词典》《走向生活化的高中科技教育》《走向唯新教育》等多本书的编写。出版文学作品有《爱园清笳》。

"步履存韵"

引

学校毕业前，也就是我即将走上工作岗位时，心理学老师给我们上了一节"撕纸条游戏"课：老师先让我们将一张A4纸用尺子与笔分成10等分，依次代表人的10岁、20岁直至100岁，然后不断排除人的非工作时间，并不断撕掉相应年龄的纸条；当纸条被撕得剩下不足一半时，老师总结说：其实，人真正用来学习和创造价值的时间，按100岁算也仅有40年光景。而在这40年光景中，再除去睡觉、吃饭、看电视、谝闲传、打麻将、交朋友等时间以外，人一生能用来改造生活以彰显自我生存价值的时间也就13年左右。最后，老师提醒大家要合理安排与有效利用时间，不断提升自我，积极生活让生命更有价值。听老师那样说，我和身边的几位同学也都只是淡然一笑：我们才20出头的人，离退休还很遥远，往后40年的光景还很漫长。

好多年前，我也曾听到过这样一则顺口溜："1岁出来亮相，10岁天天向上，20岁怀抱理想，30岁基本定向，40岁年富力强、走到哪里哪里吃香，50岁发愤图强，60岁告老还乡，70岁游游荡荡，80岁打打麻将，90岁晒晒太阳，100岁挂在墙上。"听后，我不仅没当回事，还想着什么时候自己才能熬到退休呀，"无案牍之劳形"，无烦无苦、吃喝不愁、自由自在该多好。现在，我已退休好几年了，回想起当年老师的"撕纸游戏"与那则顺口溜，才觉40多年光景如白驹过隙，一晃而过；人生步履匆匆，弹指一挥已60年矣！

人这一辈子，说短不算短，但说长也真的不长。古有"人生不满百""人生七十古来稀"，今有"100岁挂在墙上"。不管是"不满百""古来稀"还是"100岁挂在墙上"，在人类历史的长河中，个体生命在世的时间确是"一瞬间"的事儿，而个体用来"学习与创造价值"的阶段又该是"一瞬"中的"一瞬"了。说它短，确实是短了点。但话又说回来，除极端情况外，对一般人来说，生命历程毕竟还有个60、70乃至100年的时间，而单就"改造生活与创造价值"而言，它至少也还有40年光景呀。

遵循自然规律，人生也是一个由稚嫩懵懂到莽撞执拗再到稳重成熟随后再到随心率性的过程。在这个过程中，浪漫与激情共舞，奔放与热情同歌，而由此生发的人生道路与生命历程也就各有千秋。一般而言，在"改造生活与创造价值"的人生历程中，我们会满心骄傲，"书生意气，挥斥方道"，于是便问天问地问东问西问这问那问个不休；我们也会遇到迷雾缭绕、天黑路滑、风雨飘摇，因此就说神说圣说人说鬼说生说死，甚而说个不停、唠叨不止；我们会身背责任与任务而奔忙劳累做个没完没了。总之，在"改造生活与创造价值"的过程中，生活充满了烦苦与艰辛，道路又何其艰难与困顿，多多少少会让人扼腕悲叹，因而也让人回味不尽。

人，无论谁，其生活道路都不可能一路阳光抑或从始至终都黑暗无边。人生路，有坦途也有坎坷，有通衢大道也少不了羊肠小道，甚至于无路可走，而经历过的岁月，春花秋月与冷雨严霜相伴而生，阳光明媚与阴暗潮湿相随，有平凡也少不了峥嵘；自然让处于世间的个体生命，有甜蜜与苦涩，有欢笑与悲戚，有洒脱也少不了凝滞。坦途、通衢大道给予我们一段舒心与洒脱的经历，坎坷、羊肠小道乃至无路可走则展示了一段段艰难的故事，而汗水与泪流则使生命增添了一份稳重的成熟。流泪与悲恸并不等于失落与失败，而徘徊与凝滞也不会完全就是迷惑与怀疑，因而，舒心与洒脱的经历不是生活的永远，因为它并不代表人生终极的辉煌灿烂；同理，挫折与艰难的故事不代表着失败与毁灭，因为它也不是我们生活与生命的全部。生命不会在炎暑酷热中走向枯寂，也不会于风霜雪雨里走向灭亡。欢乐的日子虽显得那么短暂，却昭示着生活的轻快、生命的轻狂；痛苦的日子总是让人那么揪心，却彰显着人们对生活的改造与创造。同时，这揪心的经历也丰富着生命、增添着生命的钙质、昭示着生命无与伦比的顽强与坚韧。就一般情况而言，我们大多数人的生命，无论是其人生道路还是所经历的岁月，留在个体生命心里的体验，也都不同程度地显示着某个特定生命的生活痕迹。

我们步履匆匆，不管我们是出于"为集体、为国家与人民的利益"的"公心"，还是出于追求"提高自己生命与生活质量"的"私情"，抑或是出于迷惑阶段的"质疑"与"呐喊"，在客观上都是起到了改造与创造生活并推动着社会车轮向前的作用。我们步履匆匆，挥洒着热泪，不管我们是为着"集体利益、民族与国家大义"，还是为着满足自身的"七情六欲"，但在客观上，我们澎湃着激情，热烈地生活着。匆匆的脚步让我们的生活变得更加充实，随之产生的情感则激发着我们内心的热情，从而不仅让人的生命焕发出无限活力，也使得我们脚下的这片黄土地变成了一方"热土"。"一方热土养一方人","土地"之所以成为"热土",是人们内心的热情使这片土地变得火热。

步履匆匆,我们流淌着汗水,我们改造与创造着自己的生活,我们展示着自我生命的存在;步履匆匆,我们挥洒着热泪,我们改造与创造着生活。

在"创造生活与展示生命"的过程中,所有人都不情愿自己的生活只是空白一页。我们流汗与流泪、欢笑与悲恸、开拓"生活和生命"的空间,我们总希望自己的生命有个存活的证据——不管是出于"公心"还是"私情",是出于"大义"还是出于"私利"。步履匆匆,岁月留痕。

弹指一挥四十年,步履匆匆;八千里路云和月,岁月留痕。世间人,除享受生命与生活而外,都在以一种不同于他人的方式、方法去改造与创造着自己的生活,展示着自我生命的伟力,因为改造与创造生活中的人们无不是自己生活的亲历者,无论他是积极主动地去做还是消极被动地去应付。

人生是什么?人生无非是一场没有脚本的自我表演与现场直播。我不敢说所有人,但我可以说我们大多数人的生命平凡而又平凡,其生活也就是平淡而又平淡的了。在这平凡而又平淡的生命历程中,对每个人而言,热土处处有,痕迹时时留。面对以往的生活,这留下的痕迹,说不上是现场直播,但也可以说是"自我"生命在某个生活阶段被保存下来的"现场直播的音响资料"。生活不仅有眼前的苟且,还有诗与远方;"歌诗合为事而作",创造生活与展示生命的过程中,许多瞬间的幸福欢乐洒脱以及瞬间的痛苦沮丧拘谨,都形成了我们生命中的一点点痕迹,也都成了我们每个人"今生今世的证明"。

我不能说人生就是一场空，毕竟那样太虚无，但我总认为，人，也许只有将自己一无所剩地完全贡献出去，才会活得身心安然，从而使自己前行的步履荡漾着轻快、踏实——只有这样才能真正叫作"现场直播"。人们常说，喜剧让人一笑了之，悲剧总让人回味无穷，生命过程中所留下的痕迹也大抵如斯，但不管是喜还是悲、是平淡还是奇险、是阔步向前还是原地踏步抑或徘徊犹豫，一切都值得我们去珍藏……

前两天，无意间，我看到一则段子，其大意是说：在通往黄泉的路上，50后已经上车，60后已开始检票，70后正在候车室等候检票……看到这则段子时，我当时只是莞尔一笑，现在想想也依然如此，不仅是我，我想，40多年前跟我一起听心理学老师"撕纸条游戏"课的同学也必定如此了，也许还有更多的人也会如此。这不仅仅只是个生命问题，还因为我们曾经奋斗拼搏过也曾欢笑悲伤过。我们步履匆匆，但在我们脚下的这片热土上，总有我们或阔步向前或凝滞徘徊的身影以及我们匆匆的脚步声、深浅不一的脚印，这些都已经成为我们生命曾经存在过的证据。只不过，到现在，需要问的问题、想要说的话以及要做的事还有不少，但真正需要答案的，在目前看来，已经不多，因为我们已经历过，也已经明白了不少……最后，还是让我用《这人间纷纷扰扰》中的一段歌词做个结束吧："这人间纷纷扰扰，宿命的安排总难预料，人心若向善自有福报，烦恼三千不如淡然一笑。"

2024年1月4日夜草创于西安龙湖新壹城
2024年1月15日定稿于台州蓝庭花园

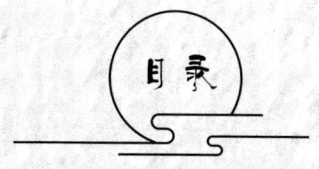

"热土情怀"篇

湖泊咏 / 3
当你来到我的家 / 5
致诗友 / 6
这风从何处刮来—— / 8
这世界，除了我—— / 9
怀 人 / 10
流淌着的 —— / 11
从幽幽的梦幻中苏醒 / 12
素 花 / 13
自 觉 / 15
他变了 / 16
月夜独步杨安村南垣抒怀 / 17
要是 —— / 19
使你流泪…… / 20
拍蝇记 / 21
夜风在呢喃中低语 / 22
散步于微雨的夜里 / 24

乡村即景 / 25
这些雨下得是多么烦闷 / 28
题倪亚婷纪念照 / 29
做哥的难处 / 30
膜 / 31
故乡，我将离开你 / 33
我胸中留存的玫瑰花儿 / 34
我不再使心灵在烦乱中哭泣 / 36
命 数 / 37
清澄的河水款款流淌 / 39
仲 夏 / 40
盛大的夏日 / 41
戏侃高中同学 CHGQ / 42
温馨的田野一天胜过一天 / 43
南山坡即景 / 44
饮 酒 / 45
即兴二首 / 46

01

山乡的夜晚 / 47
田野行 / 48
独自站在光秃秃的山冈上 / 49
雨中归来 / 50
在世俗者的眼里 / 51
西宁行 / 52
尽管 / 53
今夜,我无所事事 / 54
故乡的山歌 / 55
接读陈伟库书信而后赠 / 56
在闹市 / 57
狂风裹挟着寒流 / 58
季节交替的时节 / 59
透过一片凋谢的枯叶 / 60
春气萌动 / 61
心灵犹如马匹 / 62
沐雨三章 / 63
我们不为过去而哀伤 / 67
仙人掌写意 / 68
我与大山 / 70
游塔尔寺心感 / 71
口占 / 75
校门前澎湃着黄河 / 76
碧绿的蓑衣遮身蔽体 / 77
我爱你,一如既往 / 78

格言 / 79
因为挚爱 我们才沉默 / 80
无桥通过 / 81
春气荡漾的时候 / 82
我爱这流水的温情 / 83
十元钱与一块糖 / 84
雾 / 85
酒与愁 / 86
我咀嚼着——/ 87
伤悲的哭泣——/ 88
到如今——/ 89
提起往事令人辛酸 / 90
闪电 / 91
秋图 / 93
问秋风 / 94
致——/ 95
过去的事情不再说 / 96
蓝色雾霭缭绕着的山庄 / 97
我相信——/ 98
违逆本心 / 99
三九天,气温又奇妙地回暖 / 100
浑浑噩噩的日子没有尽头 / 101
这河水从我家旁边流过 / 102
沉默 / 103
雨后闲浪农家院 / 104

李瑛毕业留言册留言 / 105
我不哀婉，亦不悲叹 / 106
颜面平静如秋日的湖 / 107
无悔的青春 / 108
这儿是你的家乡 / 109
再赠李瑛 / 110
归　来 / 111
追　悔 / 112
思　念 / 113
小　草 / 114
民中思绪剪辑 / 115
LZY 毕业留言册留言 / 118
登　高 / 119
盼　望 / 120
遥寄 SHI / 121
事过境迁 / 122
对我微笑…… / 123
在习惯里 —— / 124
情　愫 / 125
从不 —— / 126
通向山顶的这条羊肠小路 / 127
富有与贫穷 / 128
明珠里水库所见闻 / 129
面对你娇美的容颜 / 130

把一切 —— / 131
踏星月而去 / 132
桥 / 134
久旱的天空不见雨意 / 136
别家乡而往 / 137
琵琶歌声 / 138
诗与歌 / 139
航行于海面上的过客 / 140
秀女的素脚已不再使我留恋 / 141
经得住命运的一切考验 / 142
释　然 / 143
笑答女儿董祎梅 / 144
有些话语 —— / 145
波浪击打着岩石 / 146
也许我们 / 147
心中飘绕着淡淡的温柔如春梦 / 148
汽车飞驰而过 / 149
你春日的溪流好温柔 / 150
东方已苏醒 —— / 152
我为生命加一把火 / 153
我要静静地看着你 / 154
历史的道具 / 155

"古风遗韵"篇

垄上行 / 159
赠恩师魏汉儒黄玉杰 / 159
咏　梅 / 159
歌别克拉玛依 / 160
青海道别 / 160
人在旅途 / 161
题寝室 / 161
南庄翁 / 162
晨　起 / 162
题祁卫东黄山松图 / 162
七星阁答祁卫东、姜峰诸友 / 163
思　乡 / 163
杂　诗 / 164
阴　风 / 164
年关思秦州 / 164
古道行 / 165
元夜答同乡问 / 165
做客杜方镇家 / 165
题寒山书屋 / 166
倒春寒愁雨 / 166
寒食醉酒 / 166
行东垣渠岸所见闻 / 167

驼岭田野行 / 167
与刘瑛、杨会猷、鲍生成等聚坐 / 167
课余答华存 / 168
漫步西宁乐家湾团结桥 / 168
东垣渠岸漫步 / 169
悲愁无由叹 / 169
踏雪东垣渠岸 / 169
戏侃友 / 170
铜豌豆 / 170
访同乡王世杰不遇 / 170
约刘剑夫妇逢雪未至 / 171
三访刘剑不遇 / 171
客馆思家 / 171
戊辰除夕记事 / 172
夜　吟 / 173
登驮岭南山遇雨 / 173
题家室 / 173
恨 / 174
北山水库行 / 174
家　室 / 175
山中人家 / 175

日暮登南山远眺 / 175
望　乡 / 176
赋　闲 / 176
生　活 / 176
晚雨愁乡 / 177
寄　怀 / 177
中秋望月 / 177
记　事 / 178
暮行东垣渠岸 / 178
秋　思 / 178
行古鄯途中记事 / 179
川口途中闻事 / 179
饮酒答赠 / 179
元夜观灯怀人 / 180
感　遇　诗 / 180
闻陈逸先语驴年感怀 / 181
赠杜方镇 / 181
赴杨汉访人不遇书李峰舍门 / 182
风雪登七星阁 / 182
行古鄯风雪途中 / 182
除夕夜客馆金城 / 183
杨贵妃墓前凭吊 / 183
野　鸟 / 183
马营镇田园行暨花儿会 / 184
七星阁 / 185

赠小萍 / 185
小院即景 / 185
醉卧川口街 / 186
登　高 / 186
行茶卡盐湖途中 / 186
赴浙别民和诸友席间口占 / 187
赴浙别陕西同乡席间口占 / 187
别青海 / 188
过函谷关 / 188
登观海楼 / 189
与友游椒江入海处 / 189
登观海楼望秦川 / 190
与金启友中秋聚饮 / 190
中秋不眠 / 190
无遇感怀 / 191
闷　感 / 191
十一日夜不眠 / 191
赠 JINJ / 192
写在修筑海堤的日子里 / 192
戏卜"他乡遇友"卦 / 192
居室遇雨 / 193
入住小山头居 / 193
椒海寄友人 / 193
题不惑之年 / 194
探　亲 / 194

戏赠同学张 / 194
访江南人家 / 195
椒海戚继光殿乱思 / 195
与海霞登太和山 / 195
信步白云山遇雨 / 196
假日与鲁晓峰聚饮笑谈经历 / 196
倒春寒行次景星寺 / 196
西溪望太姥山 / 197
咏桃花赠ZHXR / 197
接同窗刘克韧电话 / 197
中秋夜宿营明珠里水库岸 / 198
与YXZH饮席间见赠 / 198
双十日于风雨中 / 199
拜西塘七爷庙 / 199
椒海约故人未遇 / 199
梦故园 / 200
再忆中秋夜 / 200
约友未至 / 200
清修寺秋思 / 201
书心中块垒 / 201
读《日本，你听我说》/ 201
望长安 / 202
别小山头居 / 202
椒江境遇 / 203
椒　江 / 203

台州行 / 203
夜　吟 / 204
思定居 / 204
日暮独登白云山 / 204
悔事两章 / 205
觉　悟 / 205
居　闲 / 206
日暮与友登枫山 / 206
早起行塘岸村道中 / 206
醉笑记事 / 207
梦　醒 / 207
题深闺幽兰 / 207
寒夜遥寄深闺幽兰 / 208
遥寄灵心女 / 208
野　鹤 / 209
斗室居闲 / 209
醉宿松林 / 209
遥寄蓝彩雨滴 / 210
磨　心 / 210
题竹林草屋 / 210
夜登观海楼眺远 / 211
灵江夜雨遥寄 / 211
忆　旧 / 212
再访清修寺 / 212
悟网聊 / 212

近况写真 / 213
寒露日椒海感怀 / 213
月夜独饮 / 214
湖州归未眠 / 214
与罗正义席间见赠 / 214
清明太和山主人答客 / 215
闻 LYB 事不期 / 215
代为山涧运笔 / 215
延安行 / 216
春节白云山眺秦关 / 216
惊闻高堂病体 / 216
步行上班 / 217
春日怀人 / 217
凭吊临海戚继光祠 / 217
答赠 CSH / 218
清明聚饮赠卢林妮诸弟 / 218
初夏金马水库出猎 / 218
端　阳 / 219
答女儿祎梅问 / 219
初秋自问 / 219
泛舟兰溪江所见遇 / 220
松林涛声 / 220
偶　成 / 220
闰七夕寄 CHXR / 221
椒海戚继光殿再凭吊 / 221

闻唐友人之任督学寄意 / 221
痴　傻 / 222
椒海十年祭 / 222
深秋感怀 / 222
与友登太和山见赠 / 223
梦醒前后 / 223
感于网上会议图 / 224
朝事不期与友同勖勉 / 224
暮登白云山 / 224
秋　夜 / 225
自　砺 / 225
省　梦 / 225
书春秋无序状 / 226
椒海立冬日 / 226
梦惊三更 / 227
思青海 / 227
观海楼远眺 / 227
观海楼愁远 / 228
晓行霜雾中 / 228
临海夜无眠 / 229
椒海磨剑歌 / 229
即　兴 / 229
赠太和山溪主人 / 230
答鲁晓峰、姜孟昨夜事 / 230
晚约鲁晓峰饮 / 230

至日记事 / 231

梅 / 231

再到杨汉中学 / 231

答姚福龙事 / 232

中秋思乾州 / 232

秦月轩赠同乡赵辉 / 232

俊辰试周见赠 / 233

宁溪观灯偶遇 / 233

赋蓝庭新居 / 233

晨行白云山小道 / 234

同学聚会偶感 / 234

晨　练 / 234

赴三门途中 / 235

签名赠书偶得 / 235

"步履存韵"结束语 / 236

跋 / 237

热步

情怀篇

湖泊咏

　　你胸襟的广度能有多大
　　你心灵的负荷能有多重
　　从没有人能够探测出你的深度
　　容得了离天而落的雨泪
　　也容得下顺地流来的污水
　　但你一点也不曾被那浑浊玷污

　　在时间的维度中
　　你辨得出优与劣
　　　　让碧水倒映出
　　　　　　树木、云朵、天庭
　　　　　　天空中的翔鸟
　　　　　　以及周围漫步的行人
　　　　让尘渣沉淀于心底……
　　你从不多言，从未呼唤
　　在和风的召唤下
　　　　依旧是那样笑皱了脸

　　暴风骤雨
　　　　你有激荡与疯狂的时候
　　风和日丽
　　　　你也有安详自得的时日
　　试问：

你是否惭愧于大海的宏阔壮观
试问：
　　　你是否骄傲于牛蹄窝水的肤浅窄小
你不曾开口
你只是永远敞开着胸襟
　一百个、一千个、一万个——
　　容纳
　　　容纳
　　　　容纳

当你来到我的家
——给杨汉诸友

当我来到你的家
请不要递烟
也无须敬茶
你只告诉我——
　烟在哪儿
　茶水在哪里
让我自己来拿

当你来到我的家
我也会告诉你——
　烟在哪里
　茶在哪里
　水在何处
你自己去拿——
　这儿就是你的家

1982 年 9 月于杨汉

致诗友

一切梦中的呐喊
　　　呐喊的梦中
　　　　　　都被一次次梦魇紧紧抓攫
一切苏醒的呼唤
　　　呼唤的苏醒
　　　　　　都被一次次狂风悄悄吞没
厄运
　　　并不能锁住我们啼血的歌喉
苦难
　　　也并不能麻木我们澄清的双眼
当我们根植的土地
从压力与束缚中苏醒
　　　走向成熟
我们会在晨星的召唤下
放开我们呼唤的歌喉
踏入铺满星辉的田野
双肩飘荡顺路的和风
　　　我们相逢在成熟的土地上

一切卑劣的富足
　　　并不能使我们钦慕
一切虚幻的名誉
　　　也绝不会使我们感到愧疚

贫困的命运
　　　并不会屈服我们装满良知的头颅
灾难的足迹
　　　也并不能阻止我们胸中希望的血流
在这土地飘荡果香的季节
朋友，让我们说
正因为我们灵魂的刚正纯洁
我们才会有今天的呐喊与呼唤
假如灵魂失去了意义
也许在一夜间
　　　我们会变成令人瞩目艳羡的富翁

　　　　　　　　　　　　1982年10月于杨汉

这风从何处刮来——

这风从何处刮来
 竟拂得人们
  神清气爽又思绪活脱
这风从何处刮来
 竟使这古老的大地
  绿意盎然又生机勃勃

这风从何处刮来
 吹醒了各自的梦幻
可喜的
 这风已刮向四面八方
可叹的
 这儿缺一把整理风绪的刀剪

1982 年 11 月于乾县桥梓口

这世界，除了我——

这世界，除了我
　什么也不是
大地与天空
魔鬼与神灵
　皆因我而变得险恶或美丽

别给我一个固化的悬念
　让我去填充
也别给我一个固定的框架
　让我去搭建
不，这些都非我所情所愿

让不曾来的险恶与美丽都来吧
迎接它们
　我信心百倍且自信无比
只因为这世界，除了我
　什么也不是

1982 年 12 月于乾县

怀 人

屋外传来你甜美的声音
自行车铃声荡漾着你的芬芳
哦,推门进来吧——
　　你是我的挚友

别时的面未改
今日的话正长
繁盛的思绪怎生整理——
　　我说我思念着你?

盘旋的鸟儿摇曳着我的心绪
既青山无情
白云还会有意——
哦,我一腔的心事怎么整理?

1982 年 12 月于杨汉中学

流淌着的——
　　——给故乡的小河

自从我走了——
　　背着沉重的负荷
你流淌着
　　日日夜夜
自从我回来——
　　拖着疲惫的脚步
你流淌着
　　夜夜日日

多年不见
你依旧那样流淌着——
　　没有波澜也依然浑浊
可你流淌着的
　　农人已收藏了果实
而我流淌过的
　　既不见果实
　　连开花的日子也没有……

1983年1月于故乡

从幽幽的梦幻中苏醒

从幽幽的梦幻中苏醒
原野一片安谧、宁静
晨曦还不曾熄灭夜的灯盏
小蜡烛般光亮的星星
 眨着眼睛迎接春风
 也敞开胸襟拥抱黎明

天空阴阴却泛着亮色
料峭春风中
 深藏着爽心润肺的清澄
脚下的小路飘带般温柔
花格图案一般美丽的大地
 正要掀开它那绿色的梦境

我不能追逐春的身影
这清爽的风就告诉我——
 脚下的大地
 正从酣眠走向苏醒
故乡这迷人的原野中
 春的气息正清理着冬的天空

1983 年 3 月于杨汉

素 花

你含苞于我胸中荒漠般的田野
一如沙漠中叮咚作响的驼铃
　　日夜伴随着我疲惫的旅行
也仿佛雨后初霁的彩虹
　　照见了农人眉头带露的憧憬

我是风雨迷途中散失的羔羊
　　日夜被牵于客人手掌
你是一盏射不出强光的煤油灯
　　闪烁于夜雾深处的山峦
　　闪烁于我褴褛的家乡

我怀恋我当年那些幸福的泪水
也怀恋当年那些新鲜的激动
　　带着你默默的应允
　　　我奔驰于梦中的原野
　　　呼啸于幻想的山中

像启明星的升起
如今，你又闪现于我心中
于是，在你幽光的辉映下
向着苏醒的土地
我发出了几声呐喊
　　——我表达了我决定之后的初衷

为什么要背着行囊到处流浪
　像蜗牛背着因袭的壳匍匐于窗棂
素花啊素花
　为了我们并存于这个世界
　为了生活中的那一缕清风……

1983 年 11 月于杨汉

自 觉

在他人心中
你此刻的欢愉
　　也许是别人沉重的叹息
而你此时的悲哀
　　也许就是他人美丽的欢愉

生在大地上
相处于生活中
你何须悲叹
又何须怨尤
　　又何必强求一律？

1984 年 3 月于杨汉

他变了

前些年
开工的铃声响过几遍
他还是躺在床上不动弹
你去叫他吧
哎,无论老婆、孩子,还是队长
他都能给每个人
　　一个合适的难堪

听广播说
　　下雨就在今晚和明天
他点亮房间的灯
　　在院里转了一圈又一圈
你叫他睡上一会儿吧
他骂你——
　　"婆娘家,你不懂种庄稼的艰难。"

当空中落下星星点点的雨
他望望天
再抬脚踩踩院地
端着脸盆
　　背起化肥袋
不声不响地摸着黑
　　跑进自家的麦地里……

1984 年 4 月于杨安村

月夜独步杨安村南垣抒怀

为你温柔的美色所感动
是在今晚月夜的散步中
微风徐徐,月辉如银
小溪在我身旁轻歌慢吟
我不敢疾走
　　只怕丢失了你赋予我的真诚
我不敢放歌
　　只怕惊扰了你特有的宁静

是的,命运将带我走向远方
我寻觅我深夜独步的收获
　　带走的,是你这春夜的清风
　　留下的,是我心中幻想的歌
淡云繁星
　　将永驻我记忆的画屏
眼泪与叹息
　　今埋葬于你温存宽厚的旷野

再见吧,阴阴的杨柳
我曾多次在你身旁默默伫立
你也曾含泪告诉过我
　　说命运的风
　　　　刮去了许多许多

可我竟忘记了问你——
不知宿命的雨，
　又将带给我什么？

1984年4月于杨安村

要是——
——杨安村幸福桥随想

要是大地上没有了花草树木
　　这世界该是多么荒凉
要是人世间没有了爱情
　　我们的人生该有多么悲伤

要是这儿没有了这座桥
　　我就不会在此胡思乱想
要是宇宙间没有了地球
　　我也就不会在这里彷徨又彷徨……

1984 年 4 月 29 日于杨安村幸福桥上

使你流泪……
——赠

像蜜蜂热恋着花朵
我深深爱恋着你
但你对我的热情没有丝毫表示
在等待的烦忧中
我深深地将你诅咒——
愿世人谁也不要爱你
　　让你孤独,让你烦忧
　　使你伤心,还使你流泪……

在宿命的感召下
我与你今又相逢
我一颗冰冷的心
　　长久地为你的蜜语所激动
在甜蜜的激动中
我愿天下所有人都爱你——
　　让你欣喜,让你欢悦
　　使你感动,还使你流泪……

1984 年 5 月于杨汉

拍蝇记

啪——
　飞了

从我耳边嘤嗡着绕过
你旋落于维纳斯微笑的唇旁
一身垃圾的腐臭
这已告诉我
　你是来自垃圾桶里的家

　"沿着维纳斯洁净而美丽的身躯
　　你想要进驻哪里的大厦？"
　"采集了地球上的腐朽
　我将挺进海洋
　　驶向云霞。"

啪——
　还能飞吗？

1984 年 5 月于杨汉

夜风在呢喃中低语

夜风在呢喃中低语
星月守护着它广阔的领域
秉承了善良
沿袭着质朴
满怀一腔真诚的思绪
坚定一颗寻觅的心
迷蒙的夜啊
  我来了

这里有我的渴慕——
  消除平日那恼人的烦忧
  不再有透彻骨髓的苦楚
今夜,你为我诉说着你的真诚——
  星月有其坚守
  风有风的自由
我却只能为你奉献我心灵深处
  破败已久的花絮

我知道我与你的距离
你可明白我心的忧郁
青春像那流水一样逝去
  杳无音信
灵魂也如这夜风一样

迷茫而不知归路
心如这星月般迷蒙
也似这深沉的夜一样默而无语

1985年2月于杨汉

步履存韵

散步于微雨的夜里

  散步于微雨的夜里
  我爱这雨夜轻而柔的丽姿
  和顺柔美的春雨
   感动了柳树的叶片——
    滴滴清泪只诉说着欣喜

  柳叶从我脸颊轻轻拂过
   一如少女初恋时温存的呼吸
   一如爱人那轻而柔滑的手指
  我只有感动——
   我远离了往日的哀婉、叹息

  我爱这雨夜的静谧
   也爱这风的轻柔
  我爱这柳叶的柔媚
   也爱闻这春日的气息
  哦,当我漫步于这微雨的夜里

1985 年 3 月于杨汉

乡村即景

其一　劳动回来

脚步一踏进院中
小儿便随着娘的足音跑来
　　笑笑，蹦蹦，跳跳
妈妈扔下锄头
还没张开双臂
小儿奶气地喊一声"抱抱"

妈妈系裙起灶
小儿抱着柴火赶到
　　顶一头细碎的麦草
扔下柴火
　　拉着围裙带
　　在妈妈身边蹦跳嬉闹

其二　她

双脚刚踏出大门
抬头只见
千里之外的他
　　肩上扛着提包
　　手中提着箱子归来

上前欲接

可周围人多口杂

红晕爬上了她的脸颊

转身朝门内急喊——

"大宝,快来接爸爸回家。"

其三　爷孙俩

小儿又哭又闹

母亲无法管教

爷爷笑了笑

从旁插一句——

"来,还是爷爷抱。"

怀里是摇篮

　摇落了哭泣,摇醒了笑

欲吻孙儿脸蛋

却被拽一把胡须

　爷爷直求饶

其四　月夜乘凉

月儿爬上树梢

星星眨眼而笑

树影婆娑

清风诉说着静悄

端一架纺车放在树下——
　　大娘纺出一支悠扬的曲子
抱一台收音机坐在大娘身旁——
　　大伯溜几句秦腔戏

其五　栽棉花

青山吻住了夕阳

和风传送着爽朗

鸟儿轻轻鸣唱

小溪流淌着清凉

　　棉田里一片繁忙

儿子起苗装盘

女儿递送苗秧

丈夫开沟

妻子培栽

　　荒野里留下一行行绿色的字样……

1985年4月于马索村

这些雨下得是多么烦闷

这些雨下得是多么烦闷
　一点一滴都敲打着人心
麦穗刚挂上一串花粉
这雨仿佛是囚牢的看守
　让麦粒在麦花的哭泣中软禁

太阳深深藏起
在这需要阳光的关头
　却不肯流露它尊贵的容颜
竟是那样谦卑
　又竟是那样的昏沉

风啊，带个音信给太阳吧
父老乡亲们烦忧愁闷
我和朋友们也都叹惋纷纷
一点一滴都在敲打着人心
　这些雨下得是多么烦闷

1985年4月于薛禄镇

题倪亚婷纪念照

女人以貌美取胜
而你以德行占优
美貌与德行都使我倾慕
而你存留于我脑海中的印象
　将更加长久

愿你的德行陪伴你走遍天涯
含着你女人特有的温柔与娇羞
再也无法挽留的
你去了你去了
　带着我心中永恒的追求

1985 年 5 月于杨汉

做哥的难处

妈妈的骨灰还不曾变冷
荒冢堆里又新添了爸爸的坟茔
弟弟看着小伙伴手里的零食
硬是摇晃着哥哥的手——
　无米面的日子还要牛奶、干饼……

【注】"干饼"也叫"干饼馍",这里特指陕西关中农村人们常备的一种面食。

1985 年 5 月于大墙

膜

对着宽厚古老的土地
我号啕痛哭
回播我哭声的
我相信
　那就是仁爱善良的河川
但永恒的太阳告诉我
　那不是河川
　那是一层软软的膜

对着高于一切的上苍
我开怀朗笑
回播我笑声的
我相信
　那就是质朴而雄浑的大山
但永恒的月亮告诉我
　那不是大山
　那是一层软软的膜

走过来，我思它
　走过去，我念它
夜夜日日抑或日日夜夜
我相信
　我在走自己的路

但永恒的星宿告诉我

阻碍前行脚步的

　那只是一层软软的膜

1985年5月于杨汉中学

故乡,我将离开你

故乡,我将离开你
妈妈在灯下叠衣
哥哥帮我打点行李
爸爸抽着小烟斗
　悄悄将泪水拭去
小妹妹晃着我的胳膊
　"哥哥,你莫要忘了咱屋里。"

故乡,我将离开你——
为了我心中美丽的希冀
为了我的父母兄弟
哦,我的奔波也是为了你
故乡,你可会忘记你的儿子
春风将带回我的消息
　这消息定会绿遍你这黄土地

1986 年 3 月于马索村

我胸中留存的玫瑰花儿
——给周振笏

刚到民和,街上遇跌倒而摔伤的小学生,便搀扶引至民和县人民医院救治。此事后见诸《青海日报》,周拿报纸来告知。

我胸中留存的玫瑰花儿
  现在,它在你心的园田中
    徐徐敞开了胸怀
仿佛久违的琴瑟
  在姑娘温柔如梦的手指间
    弹出了澄清的乐音

过强的理智
  曾使我失去了幸福的爱恋
我那些恼人的热情
  也曾带给你多少的不安与彷徨
既然逝去的时光不会再光临
  我又何必为它而忧伤?

现在,我胸中的原野
  枯叶已纷纷坠地
春的嫩芽抖落了冬日的冰雪

换来一身葱茏的绿茵
只因为我胸中留存的玫瑰花儿
在你心的园田中徐徐绽开了

1986年4月于民师

步履存韵

我不再使心灵在烦乱中哭泣

我不再使心灵在烦乱中哭泣
这一场春雨呀
它下得是多么舒心
又是多么惬意
　再不怕那寒流突然的侵袭
　也没了尘沙的笼罩与遮蔽

我的异族兄弟
　徜徉在田埂上
面带微笑而望着田间
看那翠绿的麦苗
　一面在茁壮
　一面在尽情呼吸

1986 年 5 月于马场垣

命 数

在白杨夹道的河畔
一对人儿促膝交谈
小伙子心中充满温情
　姑娘的秋波让他留恋

夕阳坠地，月亮爬上东山
小伙子心中的话语仍似喷泉
这泉水是从他心底流出
　它并不曾把姑娘欺骗

姑娘啊，你是我的爱恋
　我要为你把吉他奏弹
弹奏的歌曲似那泉水
　你听我心中那羞涩的语言

小伙子颤抖着将琴弦调好
心中的话儿刚要蹦出
　"啪"的一声
　刚调好的琴弦却突然绷断

是小伙子心的颤音过于强烈
　还是他们的命运使然

姑娘悄然离他而去

小伙子含泪抚弄着断弦

1986 年 5 月于驼岭

清澄的河水款款流淌

　　清澄的河水款款流淌
　　波光粼粼，轻轻荡漾
　　白杨树排列岸边
　　　将触须伸向天空——
　　　　它正积聚了浑身的力量

　　夕阳唱着柔媚的歌
　　　它把余音挥洒在我和她身上
　　蝴蝶在我俩身边翩然
　　我只静静地看她——
　　　夕阳映红了她的脸庞

　　归鸟的翅膀驮着炊烟
　　我和她走在乡村小路上
　　步着秘密的神韵——
　　　我看见嫦娥的丝带在空中飘荡
　　　哦，还看见了端着酒盏的吴刚……

1986年6月于川口

仲 夏

　　　　夏日的姿影徘徊在空中
　　　　　　也在大地上游弋
　　　　墨绿色的庄稼
　　　　　　　积聚了浑身的气力
　　　　农民兄弟磨好了镰刀准备收获
　　　　而我也准备了美丽的诗情——
　　　　　　我要把它献给这富饶的大地

　　　　成熟吧，深沉而贫瘠的土地——
　　　　　　在寂静中，在沉默里
　　　　忍得住冬日的荒漠
　　　　忍得住暗夜的幽泣
　　　　我把如潮的情愫也成熟在你心里——
　　　　　　只有穿着盛装的你的到来
　　　　　　才能给人们带来彻心的欢喜……

1986 年 6 月于马场垣

盛大的夏日

盛大的夏日
墨绿的原野
富饶而美丽的大地
到处都是迷人的恋歌
小河在树荫的庇佑下
　含情脉脉，款款流淌

几个小学生在亭子里读书
农民兄弟顶着炎炎烈日劳作——
　胸中荡漾着金黄的希望
和心爱的姑娘在柳荫下散步
我身旁的山坡上
　散跑着一只只洁白的羔羊

1986 年 6 月于马场垣

戏侃高中同学 CHGQ

总要叫酒肉将皮囊装个满
你睁一只眼看官
　睁一只眼瞅钱
你说有了官就有了钱
　有了钱就有了更大的官
可我竟禁不住良心的责问
　我要你看看农夫手里的汤碗

1986年6月于七星阁

温馨的田野一天胜过一天

温馨的田野一天胜过一天
金黄逐渐替代了墨绿
麦花扬过,麦浆已灌饱
　只待阳光朗照
　只待收获者那长长的马鞭

农民兄弟捻着髭须
站在田埂上
脸上堆满了微笑——
　心中定是满盛着喜悦
　口里述说着岁月的香甜

1986 年 7 月于巴州

南山坡即景

一层淡淡的红纱铺满山坡
空中荡漾着姑娘悠扬的歌——
"花儿"那柔美的歌调
　绝胜过三月风的诉说

觅食或者相互嬉戏——
　羊儿散落在茵茵的山坡上
掬几口潺潺流淌的山泉水
　牧羊娃解除着胸中的焦渴

1986 年 7 月于马场垣

饮　酒

　　围坐在异乡人家的餐桌旁
　　放开嗓子喊酒令
　　敞开喉咙灌酒醪
　　只求得
　　　　忘记归家的路

　　摇摇晃晃归来
　　歪歪斜斜瘫于床头
　　待胸中灌满室闷
　　窗外飘着的
　　　　是那萧萧索索的秋

1986 年 7 月于民师

即兴二首

其一

逝去的青春无声无息
往日在战栗中如风雨般哭泣
但愿今后不再是那样
让我们的生活
　　从此充满温和的喜气

其二

呼唤我们的日子姗姗来迟
我们不再为往日而悲哀、叹息
面对姗姗来迟的命运
我们荒漠一般的胸中
　　又溢满了青春的活力

1986 年 7 月于民师

山乡的夜晚

　　山乡的夜晚，夜晚的山乡
　　大地一片静谧安适
　　银色的月光温存又善良
　　山峰隐没了白日的赤裸
　　微风在树枝间歇息
　　湖泊也只无言地沉寂

　　辛劳了一天的人们已歇息
　　孩子们在梦的田野里奔驰
　　但藏于山中那个锃亮的东西是什么？
　　　翔于天庭的那点紫气又该为何物？
　　哦，今夜晚
　　　有个不安的梦魂在大地上游弋……

1986 年 8 月于民师

田野行

　　徜徉在田埂上
　　田野一望无际的金黄
　　布谷鸟的叫声让人欣悦
　　河边与路旁的白杨树
　　　和着微风而轻唱

　　我的胸中装满着欢畅——
　　　过去是播种耕耘
　　　现在是丰收在望
　　我和农民兄弟们为之陶醉
　　　摒弃以往那无谓的忧伤

1986 年 8 月于驼岭

独自站在光秃秃的山冈上

独自站在光秃秃的山冈上
山野的秋风，盘旋的鸟儿
筒子虫打着节拍在唱歌
这山上的景色，这开阔的视野
　让心灵顿时得以解脱

田园已逐渐荒芜
人们正忙于收割
但愿我们不再因此而感慨
哦，我也将是你这广袤田野中的
　一点美丽的收获

1986 年 9 月于山城

雨中归来

雨在树枝间低声哭泣
带着神秘在河面上低语
看得见
它在农人的屋顶上
　溅起一缕缕如烟的水雾

独自一人,坐在火炉旁
我抚摸着手中的读物
　像抚摸着我忧伤的烦恼
突然一道闪电从书中袭过
　为灵魂划出一条幽深的小道……

1986 年 10 月于民师

在世俗者的眼里
——赠 DHQ

在世俗者的眼里
你是个没有风度的人
　　既不知自己拜倒于谁的庙宇
　　也不知自己所处的境遇
所以，你欢乐地流泪
所以，你含忧地微笑

在世俗者的眼里
你是个不懂人情世故的人
　　既不会昧着良心把别人欺骗
　　也不会逆违本心把赞歌高唱
所以，你有你幸福的孤独
所以，你有你开垦的处女地

也许你心灵的处女地永难开垦
也许你的眼泪也将难以流出
何处可安慰你这愤然的激情
何时能擎举起你心中那杆耀眼的旌帜
我只看见夜幕下的你
　　　　一边勤苦劳作，一边深深叹息……

1986 年 10 月 23 日夜于民师

西宁行

无边的峰峦
　　只将荒芜铺陈
崎岖的山路
　　也只把颠簸诉说
道旁的白杨树披一头枯黄
　　叶片在飕飕的冷风中飘落

河道枯瘦
河床已裸露
冷寂的山坡上
　　蔓延着荒凉
我们的车子行进在山坳
　　我的心中落满忧伤

1986 年 10 月 26 日于途中

尽 管
——赠民师诸友

尽管眼下的生活这样艰难
  少有阳光还常常雾霾遮天
  道路坷坷坎坎
  我们一路跌跌绊绊
但我们绝不哀婉与悲观
  并非所有的日子都如此阴暗
  并非一切的诅咒都让人汗颜
相信吧，相信吧朋友们
昂扬不屈的头颅
挺直了脊梁
  我们终会有
    舒心畅快的那一天

1986 年 11 月于民师

今夜，我无所事事

今夜，我无所事事
爱的幽魂不再
　蠕动于恨的沃土中
美与善的风姿也不再
　翱翔于丑与恶的天宇里

一切都在沉默中聚集
像一个疲惫的夜游者
　瘫卧于夜的深处
大地都归于沉寂
哦，今夜，我无所事事

1986年12月2日夜于民师

故乡的山歌

默坐于窗前,我郁郁寡欢
远处飘来熟悉的山歌
心中沉默的幽灵顿时复活——
　　故乡的音调让我倍感亲切

但这亲切中平添了几多愁忧——
　　山歌使乡愁走出了朦胧的境界
哦,我不愿,不愿再听这山歌
但它对我却报以强烈的轻蔑

闭塞耳目一番乱想
乱想醒后窗外的北风愈猛烈
心中的幽灵们又恢复了沉默
哦,我多愿,多愿再听听故乡的山歌

1986 年 12 月于东垣

接读陈伟库书信而后赠

世人自有其归宿
　你何必为自己的禀性而哭泣
是禀性就难改变
倘若改变
　便会丢失自己
担起命定的重负朝前走
相信吧
　你善良的心底自有人知

1986 年 12 月 26 日于民师

在闹市
——与友座谈记事

在闹市，人们摩肩接踵
攘攘熙熙，寻寻觅觅
瞧东瞅西又前拥后挤——
　只潮一般涌来聚集
　又潮一般离去而少有惋惜

身处闹市，可我们的心呀
却时刻都在念想着
　那娇美的爱人
　正站于溪水旁——
　　她在微笑却也在哭泣……

1987 年 1 月于川口

狂风裹挟着寒流

狂风裹挟着寒流
　　掀动树枝
　　扬起沙尘
空气里弥漫着呛人的气味
孩子们藏在家中
行人躲进客栈

就在这样的气候里
也有人不畏严寒不惧风恶
寒流风沙都无法奈他何
他们永不会为寒冷所屈服
他们的眼睛将变得更为明亮
　　灵魂也将被铸造得更有力量

1987年1月于川口

季节交替的时节

  一如披着轻纱的天使
    从上界翩然降临
  季节交替的时侯
    它美妙而又神秘
  一切都默默地降临
  隐隐地，自人们心中
    慢慢呈现在人们眼底

  虽然将要成为过去的时节
    还不肯脱去旧时的服饰
  但无法阻挡的
    新的季节必定会来临
  隐隐而秘密地
  它来得无人察觉
  连我们的心也时时感到诧异

  尽管我们不能目睹它娇美的风姿
  也无从观赏它神秘而鲜亮的明眸
  但养育万物的大地是明证
    任你欢喜还是愤怒
    任你存心歌唱还是有意贬低
  它总会把季节的更替
    用慈母一般的手掌挂在万物枝头

          1987 年 2 月于东垣

透过一片凋谢的枯叶

透过一片凋谢的枯叶
我们会欣喜地发现
就在它那枯叶脱落的地方
春天的新生
　　在生长,在茁壮

虽然它还需经历冬的考验——
　惨白无力的日光
　封冻一切的寒流
　覆盖一切的冰霜
但这些都将使它更有力量

1987 年 2 月于东垣

春气萌动

春气萌动,万物将复苏
这大地深处的奥秘
它来得无人知晓,也没有声息
只在寒冷的空气中
  游荡着它隐秘的信息

这样的情形也发生在我们周围
这样的故事同样也生发在我们心里
那无可言状的心灵深处的萌动啊
只有萌动的心灵有所觉察
也只有萌动的心灵才可领悟、感知

1987 年 2 月于马场垣

步履存韵

心灵犹如马匹
——赠民盟诸友

心灵犹如马匹
　　有时只想懒卧于槽枥
　　有时它却想驰骋原野
但那命定的所在地
　　对我们只将吝啬诉说

假使雨天凄厉，我愿驻足槽枥
倘若阳光明媚，我愿驰骋原野
但假如是阴霾密布
　　抑或是阴晴无常
朋友，我只愿与你们一起沉默

1987 年 2 月于民师

沐雨三章

其一

站在旷野深处
我看雨雪交加地飘落
　雨中一半是雪
　雪中一半是雨
仰望浓湿的阴云
　我沐雨也浴雪
但我竟忘记了清点
　滴在我身上的
　　哪些是雨,哪些是雪

这是春的季节呀
杨柳那鹅黄色的叶片
　已分明告诉了我
我不禁要问
既然为春
　虽然滴雨
　但为何飘雪
让这已为春的大地
　仿佛是春又似乎是冬

落在地上的

无论雨也无论雪
　都化作春水以滋润万物
飘于山峰的
无论雪也无论雨
　却都一律为雪
这是自然的自然？
哦，人归于自然时
　将比自然还要自然

其二

抬头看天
我正接受着雨雪的沐浴
仿佛苍天的悲哀
　有话无处说
　有歌无法唱
它奉献于大地的
只是飘飞不定的眼泪——
　这心灵积久的蕴藏之物

恰似这天的内心
站在雨雪交加中
我想唱却无力唱
我想应天而哭，却无切心的悲哀
我走我的路
我踉我人生的历程

黑暗也无非如这雨雪的交加——
　　它只来临于浓云压顶的时候

既然乌云压顶
那就雨雪交加地倾覆于人间吧
这种天气，这样的气候
本不需要我来做什么猜测与解释
雨雪交加时
　　天，也许只能如此
天放晴时，我知道
　　它也许还会有阴云密布时

其三

夜黑人静时听声音
　　也许最为真切
　　也更易于辨识
可绝不是在风雨交加的夜晚——
　　雨的淅淅沥沥
　　风的呼呼啸啸
　　它们会扰乱世间所有

但在这雨雪交加的夜晚
只要你洗耳倾听——
　　别惧怕猫头鹰的鸣叫
你就会听出夜行人

他在诉说着什么

而他心灵中所有的奥秘

　就全被包容在雨雪交加的倾诉中……

1987 年 3 月 10 日夜于民师

我们不为过去而哀伤
——赠民和诸友

我们不为过去而哀伤
　我们只为明天而歌唱
哀伤不合青春的歌调
歌唱只为永恒的希望——
　　让生活在歌声中充满活力
　　让生命在歌唱中绽放光芒
　　　把所有前去的路途都照亮

人生不就是
　一次次坎坷的起伏跌宕
生活也不就是
　一回回雪雨风霜
这些都算得了什么
　跨过去，扛过去
　　人生将更浪漫、更辉煌

1987 年 4 月于民师

仙人掌写意

经受着飞沙走石的袭击
你成长在贫瘠的沙漠上
但你的血脉里
　　永远憧憬着绿色的希望
怀藏着大山一样古朴的忧伤
你以宽阔的胸膛
　　直面那化铁削钢的阳光

别人以特有的神情将你睥睨
你从未辩解，从不忧伤
你以坚强的芒刺
　　呈现了生命的独特与顽强
在睥睨中变得更茁壮——
　　生于茫茫沙原
　　　你穿上了绿色的服装

长在福水中
　　也许你会枯萎、死亡
生于沙漠上
　　你向世界述说着生命的倔强
你有自己的路要走
你有自己的歌要唱——
　　你把身躯扩展向四方

这个世界还有荒原

这荒原里还有飞沙走石的疯狂

相信吧——

你这苍穹与大地的骄子

窒闷压抑地生长

 更彰显出你

  作为大地之子而生存的力量

1987 年 7 月于民师

我与大山

　　我生于大山旁
　　我长在山脚下
　　大山与我一样——
　　　　有着沉默的秉性
　　　　永怀着古朴的忧伤

　　我想唤醒我沉默的灵魂
　　仿佛身旁这大山渴望着
　　　　能有一身葱茏的衣裳
　　把所有的雄浑加于我身吧
　　　　也让绿色成为这大山永久的风光

　　带着畅想，歌唱着希望
　　我怀着深重的忧伤
　　仿佛大山永怀着美丽的畅想——
　　　　让阳光普照世间万物
　　　　让雨露滋润我们无私的胸膛

　　谁能像大山一般无私又无畏？
　　谁又能摧毁我胸中这真诚的希望？
　　一切如雨的哭泣，如风的狂怒
　　只能使我和我身旁的大山
　　　　更巍峨雄浑，也更挺拔坚强……

1987 年 12 月于北山

游塔尔寺心感

一

从历史龟裂的缝隙中走来
穿过满是壁画、堆绣的隧洞
携带一身穿越宇宙年月的酥油
你立于东界神秘的山坳中
以峥嵘与肃穆
　　柔和与虔诚的信念
读宇宙深处的奥妙
述人生难以捉摸的隐秘与神奇
　　一如你那春风秋雨中的经轮
　　一如你身边那屹立而永是沉默的大山

什么是人
　　抑或怎样更接近人以及人的属类?
什么是神
　　抑或怎样更接近神以及神的属类?
你知道从古到今的世纪的历史
在你那盛满着虔诚的殿堂里
在你那永无败絮的酥油花中
在你那永无疲惫的经轮上
抑或在你那堆绣、壁画里
抑或在你那铜钦的号音里

我读得出长江黄河的浪涛
　　以及浪涛翻滚着的黄河与长江

身旁的大山给我启迪着永恒的沉默
你给大山启示着永久的古老
　　永久的悲泣以及永久的欢乐
我不敢走近你
　　怕我只做了历史淹没河流的冰层
　　怕我只做了春日繁华茂密的枯枝
我愿走近你、拥抱你、亲吻你
想以你做我生的回音壁
以喊出地心深处藏匿了
　　千年万年的岩浆的炽烈
哦，塔尔寺

二

你是严冬里饱绽的一朵圣洁的花
对着冰层，你问世纪的来历
和着远古铜钦那雄浑与悲壮的韵调
拖一串跋涉尘世的疲惫的脚步
哦，我来了
眼神中坚定了迷茫或迷茫了坚定
血在我眉宇间涌动
你说，不必做作
　　更无须强颜致笑

对着自由
　　你寻觅束缚的镣铐
而对着镣铐
　　你发出自由的宣告
在历史赋予你的山坳中
你说着酥油灯的潮流
　　羊皮袄的冷暖

火,火,火
请带我以火
让我灵魂中的蛆虫在你的怀抱中焚燃
我问一切朝代、所有年岁
而在历史深幽的隧洞中
我只低头——
　　捐长江黄河的远古
找那引火的寒冰
　　以及融化血液的历史的冰层
我会在寒冬的每一片枯叶的战栗中
感受远海的疯狂
　　接受地心深处呐喊的请束

走吧,看吧,说吧
抑或唱吧,舞吧
跪拜在地或者匍匐于地
我是否就可穿透你的灵魂?

你的心底蕴藏着岩浆的炽烈

宇宙是你心底绽放的一朵杂交的花

人是深藏于花蕊中的蛀虫

可我只站在你古铜色的肌肤上

问归路、问去向

你浑厚的诵经声

　指向无极的夜以及那夜的无极

哦，塔尔寺

1988 年 3 月 27 日于鲁沙尔镇

口 占
——赠 YHK

你那一抿嘴的微笑
　顿时让我心乱
我多思的心中
　瞬间涌起爱的波澜

就让我们共享这月色的温婉
我亦永记着
　今晚月夜下
　　你这郁郁的爱恋……

1988 年 4 月 2 日于民师

校门前澎湃着黄河

——为"全国中师声乐比赛"而作

校门前澎湃着黄河
浪花吟唱古老的歌
落日、孤城、羌笛
还有那翱翔蓝天的白天鹅
山歌唱不绿大山的寂寞
读书声能勒住黄河岸边的水车

校门前澎湃着黄河
山路上赶过毛驴车
荒山、野岭、雪峰
还有那蹚赶沙漠的骆驼
山歌唱不绿大山的寂寞
读书声能勒住黄河岸边的水车

哺育了华夏子孙的黄河
你听我说：
　今日的校园
　　今日的花朵
　明天的大地
　　春气蓬勃、欢歌遍野

1988年5月于民师

碧绿的蓑衣遮身蔽体

碧绿的蓑衣遮身蔽体
小雏菊举着金黄的花朵摇晃着美丽
我躺在满是舒心的青草地
胜过爱人纤纤手指的爱抚
消暑的凉风摩挲我耳鬓——
　　它在给我讲述着生命的隐秘

我这里的一切都为美好
不绝如缕的是远处的牧笛
我把所有的美好都尊称为上帝
让时间的钟摆就此停止
这里是我生命的聚光点——
　　我找到了生命的真迹、真谛

1988 年 8 月于麻荒滩

步履存韵

我爱你，一如既往
——赠

我爱你，一如既往
虽然你曾使我忧戚与悲伤
但并非所有的日子都让我痛苦
也并非所有的日子都
　　阴云密布而少有阳光

爱恋盟誓的阳光曾普照了昨日
　　也依旧将今天照得闪光透亮
生生不息的生活总是在改变
可无法改变的是秉性——
　　我这依旧的儿女柔肠……

1988 年 12 月于民师

格　言
　　——赠

过去的一切都已成为旧迹
就连今天的所有也将成为过去
就让我们安排好眼前事
满怀信心地畅想着明天
为着改革开放而呐喊助威
将往日的忧戚消除净尽
　　快快走出个人狭小的天地……

1988 年 12 月于民师

因为挚爱　我们才沉默
——答赠 LY

因为挚爱　我们才沉默
那心灵深处的融会
　　我怎可用言语诉说？
想当初　你默默无言
　　我怯懦寡淡
而爱情
　　消融了我们心中的隔膜
到如今
　　天涯孤影、绵绵情思
就是一千年、一万年也难以述说
　　这离别愁绪的折磨

在没有你的日子里
　　我常用回忆支撑生活
在没有我的岁月中
　　你在忏悔着以往的过错
往日的照片
月夜下的漫步
餐桌上的对视……
这理不清的思绪
这思念的折磨
如今
　　都让人难以言说

1988 年 12 月于民师

无桥通过
　　——赠

这座桥是通向你的
可我总不能通过
虽然这桥由我搭建
但你曾告诉我
　靠近你的那头已经腐烂

那座桥是通向我的
可你总不能前来
虽然你也相信自己建造的功力
但我曾对你喊过
　靠近我的这端我已拆除

没有终点，始点也模糊
天与地相接的去处
隔着山，隔着河
山与河的相交处
　缠着烟霾、绕着雾霭……

1989年3月于民师

春气荡漾的时候

春气荡漾的时候
不曾料到的
沙尘暴会突然降临——
　　扬起土灰、卷飞沙尘
空气里弥漫着呛人的气息
明朗的天空顿时变得昏暗
春天失去了它往日的明媚
也不见了它特有的鲜丽、和顺

但只要我们耐心等待
会有那么一天
天空响起一声春雷
降下雨露甘霖
那时我们再来看看
天下万物碧绿且一片清新
大地到处都会呈现出
　　更加壮实健美的春心

1989 年 4 月于民师

我爱这流水的温情

我爱这流水的温情
　也爱这清爽的凉风
藏在绿荫中的小鸟
　它把我的心底
　　鸣唱得澄清而光明

伴着潺潺的流水我不再徘徊
和着小鸟的歌唱我挥手打拍
路边的小草摇头晃脑
　我的心潮
　　只随一切的美好而澎湃……

1989 年 4 月于马场垣

十元钱与一块糖

我说你真够淘气
在妈妈怀里
　还不住地哭
唬不住你哭
可惹得你笑
朝我笑笑
朝我笑笑——
　猜我这个大胆而幼稚的谜

这个阵图中哪个算好?
众人叫你抓钱哩
你俯下身子，伸出手臂
你，你怎么抓块糖呢
　惹众人笑
　惹白云笑
　我也笑你——
　　你啊你

1989 年 5 月于民师附小

雾

　　看地球那边
　　　　谁在吐雾
　　看地球这边
　　　　谁在剪雾

　　雾迷漫了山塬
　　　　也迷茫了河川
　　站在浓雾深处
　　　　我渴望风刮过我面前
　　但风也逃了
　　风逃了
　　　　雾更浓了
　　雾更浓了——
　　　　浓得剪不断

　　有人在吐雾
　　有人在剪雾——
　　　　浓得剪不断
　　　　一个世纪跟着一个世纪……

1989 年 6 月于民师

酒与愁

酒——
　酒——
　　酒在乡愁的杯里

愁——
　愁——
　　愁在酒的浓度中

可我已是秋天的黄叶
酒与愁醒后
　身旁的流水来葬我

1989 年 6 月于民师

我咀嚼着——

走出一宿久长又寂寞的路
我想为黎明唱一曲赞歌
但刚欲开口
心儿急跳——
　哪来这么多旋涡中的纠缠
　哪来这么多的恐怖与慌乱
耳在细听
眼中迷茫
心里流泪
站在屋檐下
　我咀嚼那黑夜里的沉默

1989 年 6 月于民师

伤悲的哭泣——

——给民师诸友

伤悲的哭泣
　　无济于家邦兴旺
沉郁的愤慨
　　更不会增添生活的芬芳
前去的路途
　　不会是一马平川
而层层的迷雾
　　也定让我们不知所往
擦亮眼睛让我们认准方向
放开歌喉吧
我的朋友
　　我们只为明天而歌唱

1989年6月于民师

到如今——

到如今
　　你才知人心的卑劣
到而今
　　你才知流言的险恶
三十个冬去春来
万把个日日夜夜
醒来
　　谁还你那一腔少年热血？

卑鄙的
　　莫过于流言的诬蔑
丑恶的
　　莫过于世人的嘴舌
过得了雄关漫道
走不过一条平浅的小河
岁月哦岁月
在流言的纠缠中
　　蹉跎
　　　　蹉跎
　　　　　　蹉跎……

1989 年 7 月于民师

步履存韵

提起往事令人辛酸
——再给民师诸友

提起往事令人辛酸
最好也别提悲哀的今晚
一切都将成为过去
我们的心永远憧憬明天
只有愚者才将苦难常挂在嘴边

人生不会永是被沉入黑暗
一如大地有深渊也必有高山
勇敢地投入生活的激流中
相信吧，朋友们
　我们总会有舒心的那一天

1989年7月于民师

闪　电

带着胜利的光环
你压抑久积的悲与怨
突然爆裂于阴霾沉沉的天庭
一如我年轻时的爱情
在我痛苦徘徊时
突然闪现于我焦渴的胸田
所以我崇拜你——
　　随着你愤怒中狂暴的呐喊
　　载着我真诚而又温柔的赞叹

你光明的一线爆裂于天空——
　　冲决了，那天庭的滞闷
　　撕裂了，那密闭的浓云
一如青春的光环
　　闪烁于我沉郁的心间
所以我对你满怀希望——
你这蔑视黑暗的天之骄子
　　勇敢而爆裂无畏地号叫吧
　　还天地一片光明的灿烂

我为你痛苦的来临
　　吐出了我深情的祝福
我为你爆裂后的消失

而扼腕悲叹——
你的来临
　只是欺骗
但我知道
你的消失
　天空将比以前更加黑暗

1989 年 7 月 25 日夜于民师

秋　图

　　夕阳收敛了它灿烂的红艳
　　山脚下的小溪水流潺潺
　　溪底的青苔频频点头
　　仿佛溪畔的白杨树
　　　　招手向远处的群山

　　洁白的羊儿在山坡上觅食
　　还不时惊悚地望望周围
　　长长的牧鞭挂在臂弯里
　　牧羊姑娘捧着一朵花儿
　　　　垂下伤心的泪滴……

1989 年 8 月于巴州

问秋风

——赠友人

我为装饰你桂冠的花枝而欢笑
我为风雨中起航的风帆日夜祈祷
我为你疲惫的歌唱满怀祝福
我为你消失于生活把悲歌高唱
——只为你对生活的真诚
——只为你深不可测的思想

你的来临摇落了一树黄叶
你的消失带来了凛冽的冰雪
你曾告诉我,说这是时序的必然
但我忘却了问你
　应该毁灭的何以留存
　应该留存的却何以被毁灭

1989 年 10 月于民师

致——

如果你是高山
我是平原
那么,你的雄奇险峻
　　必依赖于我的平坦

在烈日的照耀下
你峰顶的积雪
　　化作雪水以丰富江河
我挥发的汗水
　　变成厚积的云层
那时,我将承受雨滴
　　你将承受霜与雪

你说
　　千年万载你总会有
我说
　　千年万载我也不会消失
而当太阳老是睁一只血红的眼
看着你和我——
　　你将只剩枯木
　　　我还会有小草满地

1989 年 11 月于民师

过去的事情不再说

过去的事情不再说
弹起琵琶唱起歌
岁月恰似东去的河
日子需要潇洒地过

日子需要潇洒地过
岁月恰似东去的河
弹起琵琶唱起歌
过去的事情不再说

1989 年 11 月于民师

蓝色雾霭缭绕着的山庄
——民和铁家上村行

蓝色雾霭缭绕着的山庄
这里有我远古的忧伤
勤劳的人们永远勤劳
　从无闲心观赏山间奇异的风光
小孩子从未领略过读书的滋味
　自小就习惯了放牧牛羊
　小小年纪便被拉在一起——
　　甜美的爱情被早早地投进了婚礼场

两三间没有瓦片的土坯房
女人们围着火炉而忙——
　　添煤饼、烤山芋
面片子是顿美味的饭食
男人盖碗茶消停着刮
人们最惬意的话题是拉拉家常
蓝色雾霭缭绕着的山庄
这里有我远古的忧伤

1989年11月于铁家上村

我相信——

我相信——
　　爱心不会酬大江
曾将一次次梦幻
　诉说给脚下的大地
可大地又将它幻成凄凄的雨
萧萧的风又悄悄地
　把它送回到我的梦乡

也曾将一次次梦幻
　诉说给海洋
可每夜的潮汐
　只给我送回风的凄厉
现在，我仍在梦、在诉说
因为我永是相信——
　　爱心，它不会酬大江

1989 年 11 月于民师

违逆本心
——写在最黑暗的时候

你的胸中本是一望纯洁的乐土
天宇降下一堆蠕动的幽灵
它们在你胸中无言地啃咬
你胸中那些可爱的东西呀
　有的已腐朽，有的已化脓

何时能驱除这幽灵而唤回童真
　让苍穹回荡你快乐的歌声
呼唤着归去吧、归去吧
迎回的，怎么
　亦是集聚于心的蛆虫、蛆虫

1989 年 12 月于民师

三九天,气温又奇妙地回暖
——给张玺

三九天,气温又奇妙地回暖
不曾想到的
　在凛冽的严冬还有这么几天
生活也常常这样——
即使在最悲哀的时候
　也会有欢悦的瞬间
既然这样,朋友
就让我们抓住瞬间的欢悦
再放开歌喉
　把梦想尽情地向着宇宙呐喊

1990 年 1 月于民师

浑浑噩噩的日子没有尽头

浑浑噩噩的日子没有尽头
过去的日子爬满了烦和忧
美丽的呼唤不曾有回音
流言与蜚语煎熬着人心

好像每条道路都通向荒芜
仿佛每一块圣地都已失修
流过的血与汗只为着收获
现在唯一的收获就是忧愁

1990 年 1 月于民师

步履存韵

这河水从我家旁边流过

这河水从我家旁边流过
黄褐色的浊流
　　搅拌着父辈们的汗与血
激不起半点涟漪
打不转一个漩涡
年年唱着疲惫的歌

一个梦——
　　一个五彩斑斓的梦
我从儿时做到现在
　　一场雨，激荡起澎湃的热烈
　　一把火，照亮通天的路
　　　　给人间一个通明无束的世界

1990 年 5 月于民师

沉　默

　　眼睛变得混沌
　　仿佛猫儿打盹
　　口让灵魂的计时器贴上封条——
　　　　好的，坏的
　　　　　都不再提说

　　思想的每一根弦都绷得紧紧
　　但不叫发出声来
　　前去的路途是有的
　　　心，十分明白
　　　　但不必蹦出舌尖

1990 年 6 月于民师

雨后闲浪农家院

阵雨后的夕阳铺洒一院娇美
这院落中的一切都叫人陶醉
刺玫瑰怒放，吊钟花儿赶趟
房檐上飞落一只啼叫的子规

三个小姑娘在花园旁跳舞欢闹
有个娃娃提着鞋子追捕着蝴蝶
坐于门槛上的老两口似在闲聊
两只小蜜蜂迎接着我这个游客

【注】闲浪：有空玩、串门、聊天。

1990年7月于南庄子

李瑛毕业留言册留言

在世间,你我的姓名有何意义
至多不过是一场令人伤悲的哭泣
但你可爱的倩影我不会忘记
就像我不会忘记我自己
苦难时,你给我以安慰
　还让我看见生活的光鲜与亮丽

受着不可预知的命运的驱使
我们都为了生活而将离开此地
和我握手告别吧
就让我们珍惜自己
敞开胸怀,拥抱生活
　让你我的生命焕发出骄人的活力

1990 年 8 月于民师

步履存韵

我不哀婉，亦不悲叹

我不哀婉，亦不悲叹
逝去的时光永不复返
让嚼舌的人们去嚼舌吧
我一点也不忧伤、悲观——
　　我胸怀广宽，心中洒满阳光
　　我只以灿烂的笑颜面对春天

我不哀婉，亦不悲叹
风雨是人生美丽的风景线
它证明着生命的雄奇与伟岸
我曾因它而骄傲与自豪——
　　走过的道路泥泞艰难
　　我只面对阳光发出内心的呐喊

1991 年 3 月于民师

颜面平静如秋日的湖

颜面平静如秋日的湖
我的心灵却似翻腾奔涌的江河——
 它在倾听，它在感觉
 时代的潮流在我胸中激荡成旋涡

昂起头，走进热闹的生活
挺起胸，将理想种进希望的田野
让父母满是皱纹的微笑中
 添加沉甸甸的收获

哦，我的身心已做好了准备
  随时响应时代的召唤
为着一个新鲜与活脱脱的家乡
  我将永唱血汗调和泥土的悲歌

1991年8月于民师

无悔的青春
——给山东诸友

并非每一次情感的波涛
　　都诉说于冰霜
也并非每一次刻骨的爱恋
　　都能呈现于阳光
莫要说霜雪风雨里
　　我们的情感还缺乏明晰的航标
也别说险峰山岳中
　　我们的爱恋还缺少坚定的凭栏
生命本是探索
　　爱的情感经历一次次磨炼
　　也在一次次蜕变
但走过风雨，踏过四季
回头看
　　理智构成无格局的哲学
　　情感澎湃了生活

1991 年 8 月于民师

这儿是你的家乡
——遥寄堂弟红

这儿是你的家乡
父母兄长都在这里
混浊的黄河水
饥渴的黄土地
老黄牛拽着犁
　流着汗,喘着气
它在叫——
　它是在呼你、唤你

走过坎坷
　你是否还记得儿时的足迹
出走时的希冀、梦中的迷雾
　你是否忘记了父母兄长的哭泣?
　你可还记得养育你的黄土地?
这儿是你的家乡
父母兄长都在这里
　我的小兄弟

1991年8月于薛禄

再赠李瑛

带着童年的憧憬
我将离开这里
也将离开这沉郁忧闷的湟水河
在这儿,我曾悲戚也曾欢悦

我是命运长鞭下的一只陀螺
但因对你长久的思念
　也将使我永记着青海
　也难以忘记民和

1991年9月于民师

归　来

乘空梦倦游而归
归来才知道，才知道
曾经付出过的爱
曾经澎湃的血流
如今，风雨萧萧
满地黄叶，连天衰草

哦，黄叶褪枝，只因
明春花卉妍艳
失落的情感
付出过的爱恋，如今才想起
昨夜，寒冰如玉的你
　　正看月光凄迷、星辰闪烁……

1991 年 9 月于民师

追 悔

相信一切都已逝去
我们不再爱,也不再恨
不再因追求而圈套自己
只是说轻松些,轻松些
让心灵的每一根琴瑟
　　都在众人的华筵中逐波

当秋叶纷纷落地
当枯藤缀满昏鸦
当一切都成定局
才知道,才知道——
这该追悔的时日
　　竟是那么多,那么多……

1991 年 10 月于民师

思 念

该不会又是欺骗吧
你说你来看我
我时常敲打心事
怕耽搁了满意的答案
来了，来了
哦，是梦
梦是圆的，心儿残缺
曾告诉自己不再思念
可刚说过
梦中的
　　你又来了
　　你又去了……

1991 年 11 月于民师范

小 草

依偎于大地的胸怀
　岂能消除胸底的烦闷与寂寞？

看参天大树迎风接云
仰青松斗飞霜搏冰雪
花香赢得众人青睐
你怎耐得住心的寂寞？

命运使然，生就为小草
沃土培育了悲哀的灵魂
霜雪浇灌了流泪的心
岂能从此变得沉默？

1992 年 4 月于民中

民中思绪剪辑

一

终于，在这个时候
你也厌倦了
抬头望天——
　　星月深邃
低头——
　　你竟不知何往

曾经的梦
如今，请允许我
请允许我
　　　投弃权之票
将血与泪浸泡的往日
　　撒在季风和密雨中

将曾经的彩梦
　　珍藏于那个暗夜的星空
你是否忧伤、哀婉
　　一如牵牛花的藤蔓
而在轻薄缠绵的晓雾中
　　你我只向往那雨雪交加的夜晚……

二

别总是悲与愁
　　即使心的沃土里蠕动了秋的愁思
也别总是想哭
　　即使脉管中涌流着
　　　　尽是秋日的荒芜
没有谁能使你后退
也没有谁能将你心的哭泣替换
哭不哭由你
笑也原一样

别指望天变为地
　　春光总是明媚
也别指望秋日定会有收获
你在风中战栗哭泣
风也是一样
　　它在你身旁轻诉与叹息……

三

那样的彩梦
　　你做了多久？
那样的热情
　　你荡得有多浓？
猛然回头
竟是三月风的洗面
　　含绵柳的轻拂

生活原不是试剂管
可我竟成了一脉试剂
无悔的心，悔了
无愁的灵魂
如今，它碎了
只是沉沉的梦
破成絮片
还依旧在风中、潮中
　　漂移聚散……

　　　四

我知道，如今所做的
　一切都是无用的努力
等待，原是生命的寄托
三月的风一定会来
而冬日的霜雪也绝不会少
只是心灵的那一片圣地
我们将永无法开采
沉默只酿造着痛楚
而待心灵难以包容那一涌喷泉
只祈求，只祈愿
　你让我不要哭
　　也不要悔……

1992年5月于民中

LZY 毕业留言册留言

把所有的记忆风干
　装成风景
　　挂于床头
待春去秋来
　以它
　　做你我下酒的菜

1992年6月于民中

登 高

小草对我频频招手
鸟儿与我唧唧和鸣
轻风给我送来缕缕凉意
溪流伴我款款慢行
大自然
　哦！我来了
久违的心在你怀中得以慰藉
超载的灵魂在你这里得以释重
你不再空虚亦不再孤寂
我不再流泪亦不再叹息
如今
　你在我的胸中
　我在你的怀里
多少次于人群中的强迫
如今，如今
　都化作我登高时的一瞥

1992 年 6 月于民中

盼　望

我不相信
　热切地盼望
　　会没有爱的结果
我不相信
　焦心地等待
　　会唱不出希望的恋歌
我不相信
　明天的人们
　　依旧会重复着今日的落寞

黄河、长江
　流了千年万年
　　而水流是否依旧未改当初的洒脱？
黄土地
　被汗水和着泪水浸泡了千年万年
　　是否依旧还是当初的那个黄土高坡？
爱恋是一首无言的歌
　是灵魂与灵魂的碰撞
　　它会让人们的日子过得红红火火
而盼望，真心的盼望
　激动着人心
　　更澎湃着我们的生活

1993 年 2 月于民中

遥寄 SHI

你奔忙在故乡
我求存于异地
可我怎么也不会与你分离——
你那可爱的倩影始终萦绕在我心间
　　它像岁月一样常新
　　　　却折磨着我的记忆

如今，你不再是我的
　　我也不再属于你
可我们永属于脚下的这块黄土地
记着吧，记着吧
　　我曾因你而伤心与哭泣
　　也曾因你而快乐无比

1993 年 5 月于民中

事过境迁
——给 LZY

事过境迁

我们已彼此忘却

多少风雨

多少霜与雪

  压弯了背脊

但记忆还不曾褪色

你的那支歌重漫我心扉

  再发新绿

前去的航标明而转暗,暗而转明

我一会儿瞻前

 一会儿顾后

时而我还得察看左,察看右

哦,事过境迁

我们已彼此忘却

多少风雨

多少霜与雪

  压弯了背脊

1993 年 5 月于民中

对我微笑……
——给小萍

哦！对我微笑，一如当年
油菜花开满山坡
蝴蝶驮着彩色的梦
　归来也归去
　归去又归来

解释，慢慢地解释
温馨的言语能融化
　封冻多年的冰河
一切从头开始
只因往日已过

即使曾经的那一份心思
那一份情愫不复原轨
可我依旧望着你
哦，对我微笑
　一如当年

1993年6月于民中

在习惯里——

在习惯里变得冷漠
于孤独中学会生活
悲愤中
　你昂起不屈的头颅
圆滑中
　你失去了原有的棱角

忘记了来时的路
亦不愿想象归去的笑语欢歌
原也想
　青春该是无悔的岁月
　可如今，它竟成了
　它竟成了悔泪浸泡的一页又一页

这一切，该如何注解？
到如今，你才明白
你才明白，没有答案
　也无须注解
人生无非是、无非是
　一种无法解释的种种述说

1993 年 6 月于民中

情 愫

雨雾中浓湿的白云在山间缭绕
树林里鸣唱着善歌的小鸟
绿中泛黄的麦田正走向成熟
细雨和风温润着它
麦田泛起细浪
　　——它在曼舞、在微笑

踯躅于寂静的小溪岸
撩一撩水珠儿乱滚的头发
扩展扩展窒闷的胸腔
向着天空
　喊一句——
　"生生不息的大自然,你好!"

任雨水把我淋成落汤鸡
任风在我耳旁编织温馨的歌谣
禁不住胸中情感的波涛
向着大地
　道一声——
　"蓬勃火热的生活,你好!"

1993 年 7 月于民和

从不——
——赠 MHJ

从不曾趁人之危
　而摆出一副救世主的架势
也从不以贬抑他人
　而彰显自己的学识与能力
从不愿凭借高枝以睥睨周围
更不愿凭本事而凌人以盛气
凭着不曾泯灭的良知
你做着自己该做的事——
　对恶棍，你鞭挞斥责
　对善良的人们，你竭力支持
你赢得了人们的信任
你得到了众人的赞美
而这一切，全凭你
　做事的能力、为人的良知

1994 年 3 月于民和

通向山顶的这条羊肠小路
　　——给友人

通向山顶的这条羊肠小路
　是那样狭窄与坎坷
小路的两旁也让人胆战心惊——
　一边是陡不可攀的峭壁
　一边是山谷及谷底的江河

行进在这样的山路上
　我们精疲力竭
但当爬上山顶
得以喘息，再放眼四野
我们就会唱起热烈而深情的赞歌

1995 年 4 月于民中

富有与贫穷

——县教师节表彰大会记事

如今
我是那样富有——
富有地拥有着你
　和整个像你一样美丽的世界

如今
我又是那样贫穷——
贫穷地乞讨着你的一次微吻
　却被你冷冷地拒绝

1995 年 9 月于民和

明珠里水库所见闻

迷恋在茶树丛中,
我忘了归去的路径——
　　　独自欣赏着花草虫鸣
　　　倾心听眼前的蜜蜂嘤嘤
隐约传来一阵杂乱的争吵声
循声归去吧
循声归去吧——
　　清澄的湖泊
　　湖岸绿草茸茸
　　　一群孩童赤裸着身体
　　活蹦乱跳地
　　　奔跑个不停……

1998年8月于椒海

步履存韵

面对你娇美的容颜
——赠 ZHX

面对你娇美的容颜
我曾多少次幻想着
　　与你永远相陪
背负着尘世的想法
我把放飞的心思收回
　　把燃烧的激情浇灭
　　只让思念缠绕在你周围

留不住的
　　是你这匆匆的脚步
唤不回的
　　是我那欢快的青春
哦，我们都该卸下所有重负
只为着美好的未来
　　而奉献我们纯洁的灵魂

1999 年 6 月于椒海

把一切——
——给 ZHQ

把一切往事都留在风中雨里
　让风雨去呢喃低诉
把一切记忆都装入风景
闲来，我们看天高云淡
　还有那水绿花红
　　自然也少不了那霜寒雪冷

一切都不会太坏
也没有越不过的沟崖河海
明天的风景会告诉你我
　一切都会过去
生命也因这坎坷与祸灾
　而变得伟岸、可爱

1999 年 7 月于民中

踏星月而去

踏星月而去
　　抱雪霜而归
归来
　　旧燕垒过新巢

曾将爱恋诉说
　　也曾将秋色预测
但测不透这天气的变化
赢得的，竟是满目花落

曾经的沉默
平日里的唱与和
如今，只恰似
　　这一条浅浅的河……

为何要来远方学流云？
来也匆匆，去也匆匆
待回首，你已不是你
　　我亦并非我

哦，别轻言物是人非

爱存心间，丢失的是闲情、是闲情
留存的
　试问，能否构成你夏日的浓荫？

　　　　　　　　　　1999年8月于椒江一中

步履存韵

桥
——写在第十七届教师节

岁月把你铸成一座桥
不似松柏的伟岸与浓阴
也少有江河湖海的雄阔与壮美
但也没有令人窒息的悲的啼泣
或许你是一块乌黑发亮的煤
　　理想燃烧火热的爱
或许你是富士山的喷火岩
或许你是罗布泊的荒漠
但岁月终把你铸成桥
一如溢芳的丁香
也如苦涩的橄榄
我只听见你
　　晨曦雨雾中露滴般的叹息
　　黄昏幽林下鸟鸣般的哀婉

你曾告诉我你的渴望
你的渴望能是什么
是祈祷戴红领巾的年月
还是顾惜天空中那星月的皎洁
既然岁月将你铸成一座桥
　　便无须叹息和哀婉
既然是桥，就应肩掮重负

任凭岁月的风蚀雨剥
　　任凭骄阳的酷晒烤灼
在大地飘荡果香的时候
抖擞一下疲惫的筋骨吧
你会相信——
明天是一个从你肩上与脚下
　　通过的金色的世界

2002年9月9日于椒海

步履存韵

久旱的天空不见雨意

久旱的天空不见雨意
火辣辣的太阳炙烤着大地
秧苗扭曲了颜面
　　只在晚上才伸展着卷曲的叶子

河床裸露无遗
池塘也逐渐走向枯竭
喜水的鸭鹅躲避着热流
　　只在泥沼中寻求着凉意

和农民兄弟一样
　　我的胸中只涌流着悲泣
生命的泉流呀，如果没你
　　所有的生命都将走向窒息

2003 年 6 月于椒海

别家乡而往
——赠

别家乡而往
背着行囊,学流云
原也想
　　青春会在流汗中丰润
谁料想到白发时节
　　青春竟换不来一座荒坟

我曾情系何物
又曾爱过谁人,
到而今,曾经的那一腔热血
只剩下一丝无力的呻吟——
　　风中的漫歌
　　雨里的琴音

哦!往事如烟云
今朝也只是一瞬
待来年
你我该也是
　　天边的孤雁
　　　荒野的游魂

2004 年 11 月于椒海

琵琶歌声
——给 LYB

走向远方
这是你我共同的约定
从不去想风从哪里吹来
也不去想
　　雨会在何时瓢泼
只一心、只一心向前——
顾不上思前与想后
亦无力顾及天的阴与晴

怀抱琵琶——
这一把弹不出音调的琵琶
你我边弹边走、边走边弹——
我们歌唱风的诞生
　　也吟诵雨的降临
而待步履蹒跚时
你我总也算
　　曾怀抱琵琶，走向远方

2004 年 11 月于椒海

诗与歌

房门已上锁
　　窗户也紧闭
只在屋内丈量孤独的灯光
　　以及自己那静寂的身影
腐朽至心的书籍
　　在我疲弱的心头发芽疯长

肉搏中拍卖自己
　　欲获得自我
鹰在空中啸傲
　　鱼翔于浅底
这是多年前
　　我注目星月时所发出的几句梦呓

难道我不可以说——
　　鹰因翼翅软化而需要飞
　　鱼不过在自己倾吐的口水中求生存？
在别人扼住喉管时我奋力高歌
亦在旁人撬嘴取出口中食物时
　　我喘着粗气而喷出久瘀的心血

2005 年 11 月于椒海

步履存韵

航行于海面上的过客

航行于海面上的过客
请不要让自身唤来的风
　触动这暴怒无常的海
就让那南来的风
　温和些,也再湿润些
不带来半点狂暴
让你的船在海上安然行驶
　你会因海的广阔而沉默

你不是海的主宰
　主宰海的是苍穹
假如苍穹因你唤来的风
　而洒下无情的威怒
你这航行于海面上的过客呀
船覆归你,而更为可怕的
是那些伴你而行的航海人
　他们也将因你而葬身鱼腹

2006 年 8 月于天台国清寺

秀女的素脚已不再使我留恋

秀女的素脚已不再使我留恋
她们媚笑的酒窝尤让我厌倦
那迷人的秋波、柔美的秀发
还有那无与伦比的蜜语甜言
如今,都难以激起我心中的波澜

眨巴着眼睛的小星星
　是多么可爱又是多么妩媚
银河里藏着古老而新鲜的谜
有新月的夜晚才能惊醒我
　那藏于心灵幽谷中的欢喜

穿透了昨日的梦、今日的歌
何须再去想那秀女的素脚
倒不如让杜康为我而歌
门前潺潺流淌的溪水中
　深藏着我永恒的快乐

2006年10月于椒江

经得住命运的一切考验
——给 BUYUN

经得住命运的一切考验
你保持着生命的尊严
一次次焦心的折磨、痛惜的呐喊
于你而言,只不过是
  自立自强的一道道门槛

像是一次次从秋日走进深冬
可又一次次来到了春的花园
每一条道路都告诉你
  所有的磨折与旁人的诅咒
  都将使你的生命更加灿烂

2006 年 11 月于椒江

释 然

坐于书桌前
　我沉思着以往的悲泣
生活的艰辛
人事的烦杂
　令人窒息

猛然间
　鸥鹐一声刺耳的啼鬼啸
　　传荡在夜的深处
噢，今夜
　谁又会离我们而远去？

2006年12月于椒海

笑答女儿董祎梅

　　你为何要想得那么多
　　又为何一定要问个为什么
　　生活本来就是这么过
　　祖祖辈辈也就这么活
　　哪怕你心头燃烧着一团火
　　哪怕你胸中有一首首歌
　　但生活就是这么过
　　人们也就这么活
　　你干吗一定要问个为什么

2015 年 5 月于椒海

有些话语——

有些话你别说透
就让它深藏心的沃土
那是种子,它会发芽
你只需欣赏它的茎与叶
让它的根在你心里深扎
　也在你心中盘踞

但你不要说
　这就是腐朽
越过了冬的风雪霜露
经历过春雨的滋润
　夏日阳光的炙热
　你会收获一季果实累累的金秋

2018 年 11 月 11 日于埭头村

波浪击打着岩石

波浪击打着岩石
蜂蝶在旁翩然起舞
雄鹰于高空中悲啼
岩石仿佛铁铸一般巍然屹立
但波浪依旧不停地啃噬

铁铸的东西会生锈腐蚀
岩石也一定会被吞噬
只有浪花永恒常新——
前赴后继地坚持
　　总占有最后的胜利

2019 年 5 月于台州高级中学

也许我们
——赠北师大附中诸友

也许我们生来就有着
　　呼唤的权利
可也许我们生来却难有
　　相遇的机会
也许我们生来就有着
　　流汗与歌唱的责任
可也许我们辛劳的汗水
　将永远没有回报——
　　　啼血的呼唤都没有应答
　　　温柔的渴望都难以兑现
　　　美丽的希望也都只是梦幻
　　　歌唱也都成了无知的呻吟
既已捧着一颗心而来
那就爱吧、爱吧、爱吧
　　全心而没有理由地去爱
年少已是如此
年长必不会变
待风去雨过，相信吧
　　我们经历的不仅是自己
　　更是这生活独特的记忆

2020 年 4 月于太阳城

步履存韵

心中飘绕着淡淡的温柔如春梦

心中飘绕着淡淡的温柔如春梦
仿佛神灵赋予我少年踏入青年的手
银杏树将触须伸向天际——
它是天与地的使者
 白云仙乡与大地雾霭的鹊桥

一如幽梦将梦魂笼罩
山冈缭绕着乳蓝色的雾了
承蒙着细雨温存的慈悯与爱抚
欣然于悠然的清冷与孤寂
 我心的宁静只在那山里头

山坳里定有个温柔之乡的梦
它荡漾在我澄碧的心的湖泊里
我因和顺的清风而欢悦——
 不再为往日的烦乱而哭泣
 我只为明天的阳光而欣喜

2020 年 7 月于椒海

汽车飞驰而过

汽车飞驰而过
扬起灰尘纷飞
它要遮挡我们前去的路途
它要人们闭上口唇
　陷于窒息

无须你挥臂拂尘
也无须你愤激地诅咒
稍过片刻
自然的力量
　就会使它消失净尽

2020 年 9 月于浦坝港

步履存韵

你春日的溪流好温柔
—— 致观澜中学

你春日的溪流好温柔
我夏日的绿荫好浓郁
相爱的距离最长
　相爱的距离最短

通向你的路是那么近——
只需轻轻跨出一步
我就会触摸到你柔柳般的身腰
　亲吻到你红润的蜜唇

通向你的路又是那么遥远——
多少个世纪的风霜雪雨的侵蚀
我拖着疲惫的脚步日夜赶路
　可总难以触摸到你春日的倩影

你心里充满了幸福的痛苦
我胸中只满溢着痛苦的幸福——
　我缺少的是你春日的温柔
　你须添加我这夏日的浓荫

相爱的距离最短

相爱的距离最长——

  我夏日的繁荫好浓郁

  你春日的溪流好温柔

2021 年 3 月于观澜中学

东方已苏醒——

历尽了黑夜的坎坷与磨折
东方已苏醒——
那眨着眼睛的启明星
　向大地诉说着明丽的希望

尽管人们还不曾醒悟至心
只有夜行人看得出
　那曾经隐约的鱼肚白
　　已在东方的天际射出光芒

许多人还在梦中
但人们在梦中隐约听见了
那夜行人对晨曦的呐喊
　以及他们踏碎黑夜的脚步声

谁这时留心倾听、悉心观察
谁就会惊喜地发现——
人们已准备着随时跃身而起
　以迎接那破窗而入的东方光明……

2021 年 3 月于浦坝港

我为生命加一把火
——读《魏晋风华》

我为生命加一把火
生活因我而火热
水有水的温柔
山有山的巍峨
任由他人评说
我想怎么过
我就怎么活

我想怎么活
我就怎么过
任由他人评说
山有山的巍峨
水有水的温柔
生活因我而火热
我为生命加一把火

2022 年 10 月于观澜

步履存韵

我要静静地看着你

我要静静地看着你
目不转睛也无所顾忌
你的美貌无人能及
你的言行举止
　都满藏着美丽的神秘

现在，我只想猜透你的心思
我更想知道你是否对我有意
你可猜得透我这心中的秘密？
哦，我要静静地看着你
　目不转睛也无所顾忌……

2022 年 11 月于观澜

历史的道具

匆匆地来
忙忙地去
　从千古悲歌的江边
　在冷热多变的世纪

登上寂寞的坟茔
问日月何其匆忙
　从少女鬓边不断新添的白发
　在壮男手中突然拄上的拐杖

远处漂来归航的船帆
记忆的箭向着故乡射去
　脚下的道路弯弯曲曲
　领我踏向地球另一边

古风
遗韵篇

垄上行

三月三日春气畅,渠畔田边树苗桑。
风和雨暖润春意,耕者牧鞭趁土墒。
书生好作天下计,农夫但为衣食忙。
村姑不知有功名,偷闲片刻说情郎。

1983 年 4 月于杨安村

赠恩师魏汉儒黄玉杰

清渭江畔鸟啁啾,长安折柳暮云收。
鹅黄青苗趁春气,踉跄黄犊轻思谋。
青春丹心壮城郭,英年豪气冲斗牛。
船棹问我归何处,潇潇雨意满神州。

1985 年 3 月于杨汉

咏 梅

园中梅树已千载,任凭褒贬不自哀。
风霜雪雨云间事,花到时节自然开。

1985 年 12 月 28 日于薛禄

歌别克拉玛依

风急雨何狂,征程策马扬。
函谷嘉峪关,北疆复南疆。
长河野马瘦,雪岭云杉藏。
戈壁生碎石,沙漠睡胡杨。
已睹落日圆,还见枯草长。
春气新天地,月辉古战场。
生别愁恨苦,旷野吼秦腔。
萧萧班马鸣,扬鞭过河梁。

【注】塔里木河被当地人称为"无缰的野马"。

1986 年 3 月于克拉玛依

青海道别

青海黄云暗,孤鹏万里山。
风中走碎石,雪野飞霜寒。
秃鹫晓晨月,雉鸡马场垣。
萧萧罕人踪,忽忽海石湾。

1986 年 3 月 10 日于返陕火车上

人在旅途

灯红酒绿何须求,桃源景色亦风流。
塞北烟云增伟岸,江南雨露润绵柔。
庄周濮水叹神龟,吕尚磻溪待王侯。
芒鞋蓑衣踏世路,昆仑见我应觉羞。

1986 年 4 月于民师

题寝室

冰心只这里,功名何须求?
人间闲事少,比邻慰问周。
晨伴湟水行,暮歌斜阳收。
放喉抒胸臆,着笔对云岫。
山高邈云汉,地僻生清流。
漠漠春意暖,神仙足可留。

1986 年 4 月 25 日于民师

南庄翁

鸿雁南来风尘晚,墨迹隐隐袅硝烟。
拆封不问南国事,泪眼只道报平安。
欢颜犹留愁苦意,感怀即作良善言。
把酒黄昏无限杯,春风一夜到岭南。

1986年4月于民师

晨 起

半滴晓梦迷人眼,睡眼惺忪目栏杆。
才思闭目开新梦,又拟起身泛东垣
肯将青春边塞游,莫叫身懒半日闲。
笑语催醒无情思,儿童窗外荡秋千。

1986年5月于民师

题祁卫东黄山松图

青松云山上,独挂依绝壁。
万岭一抹寒,狂风万般欺。
恶击奈之何,悲歌响金笛。
岩缝活贫瘠,云间挥旌旗。
笑迎尘世客,风流谁与之?

1986年5月于民师

七星阁答祁卫东、姜峰诸友

何惧只身漂塞外,留取碧血染尘霾。
班超誓死大丈夫,苏武无愧汉使差。
莫叹世路风波恶,但看青春风帆开。
青山踏遍心犹壮,冰心依旧动情怀。

1986 年 5 月于民师

思 乡

其一
梦里身是客,秋来只酒觞。
人穷易思乡,思乡便断肠。

其二
白发父母锄荒草,故园黍苗伴蓬蒿。
早知儿郎靠不住,何费苦心盼儿高?

其三
我有心思却寂然,望眼尽处是故园。
欲寄归心向白云,风细更有山叠山。

其四
思乡倍觉家信断,孤坐客馆思渺然。
妻子儿女无病欤,白发父母在园田?

1986 年 6 月于民师

杂 诗

惆怅一室人一个,往事茫茫不成歌。
西归蟾宫云漠漠,前去路途山叠叠。
但唤风雷从天降,还叫骤雨向地泼。
豪情洗尽尘埃事,携友指点山巍峨。

1986年12月于民师

阴 风

阴谷寒风吹耳过,绝胜三九入冰河。
三九尚有耐寒骨,阴风来时空蹉跎。

1986年12月于民师

年关思秦州

夜静灯孤人怅惘,粉手托颌情思涨。
口中喃喃郎哥回,语罢羞看月转廊。

1987年1月于民师

古道行

苍松古道上，抱琴独蹰踟。
林间少飞鸟，道旁多蒺藜。
远寺荡幽鼓，霜雪和羌笛。
年少丹心壮，红尘事难期。
猛志心间存，任尔东与西。

1987年2月于民和驮岭

元夜答同乡问

路遥山深添华发，只身塞外常思家。
梦里时觉身是客，醒后但见鬓生花。
忍看青春如流水，更愁枝头换新芽。
冬去春来又一年，君问归期泪如麻。

1987年2月于民师

做客杜方镇家

同乡话觉亲，异地语无猜。
朋友贵酒肆，乡亲重家宅。
把酒说旧游，品茗观池台。
生身存忘年，百岁无憾怀。

1987年3月于杜宅

题寒山书屋

寒山月华浓,小径风烟轻。
野芳时扯衽,雉鸡偶作声。
清泉出绝壁,空谷咽悲鸣。
野马驰古道,踏月任纵横。

1987 年 3 月于民师

倒春寒愁雨

窗前细雨连日漏,孤客一室向晚愁。
风动尚缺青春意,雨来犹觉三九头。
读书切莫说目下,做事还须问来由。
东杲何时破云出,千愁万事春山游。

1987 年 3 月于民师

寒食醉酒

酒醉地为席,醒后亲鸟啼。
笑看天下客,流水两依依。

1987 年 4 月 3 日于民师

行东垣渠岸所见闻

田间地头野草盛,绿杨荫里布谷声。
王孙摇扇说闲愁,农夫脚底起凉风。

1987 年 5 月于民师

驼岭田野行

其一
初夏才见杨柳新,路上行人三两群。
田间苗瘦野草壮,荷锄归来月如银。

其二
绿树轻风弄婆娑,路上行人唱烟萝。
隐约几声悠扬曲,侧身静听花儿歌。

1987 年 5 月于东垣

与刘瑛、杨会猷、鲍生成等聚坐

其一
槛外过者谁,歌狂大江流。
推门直入坐,伸手觅觥筹。
把盏话天下,自斟说五侯。
扩胸襟怀广,挥臂暮云收。

其二
匹夫胸胆坚，猛志碧青山。
国事心头虑，把酒放语言。

其三
同气相聚竞风流，共享青山楼外楼。
酒酣但羡嵇康志，饭饱只提谪仙游。
青春丹心壮城郭，英年豪气轻封侯。
兴来畅饮且尽兴，空阔黄河天际流。

1987 年 6 月 5 日于七星阁

课余答华存

咸阳游子唱悲歌，青春年华空蹉跎。
曾想边塞逞远志，也望江南踏清波。
湟水河里黄水流，纷尘境中浮尘多。
试问今日归何处，他人鞭下一陀螺。

1987 年 6 月 15 日于民师

漫步西宁乐家湾团结桥

桥上流车马，水面过舟船。
野马无拘管，河畔踏青闲。

1987 年 7 月于西宁

东垣渠岸漫步

弱柳轻梳头,溪水碧高秋。
折柳女已去,唯有笑声留。

1987 年 9 月于东垣

悲愁无由叹

问客何事心悲然,孤灯伴酒夜阑珊。
自知古今别离事,也想月圆事难全。
忧时应愧身量小,伤已正逢衣正单。
悲来心事总无凭,开窗尽挹秋风寒。

1987 年 11 月于民师

踏雪东垣渠岸

大雪连数日。今日,天放晴,愈冷。校门前东垣渠结冰严实,渠岸亦积雪深厚。

枯柳河边五小童,前仆后继为溜冰。
倒栽不哭头疼事,犹恐身后有脚蹬。

1987 年 12 月 15 日于民师

戏侃友

寸舌尚能服众口,独脚亦可倒中流。
偏站三尺自误人,风雨潇潇满城秋。

1987 年 12 月于山城

铜豌豆

千击万捶奈我何,只因身心俱清洁。
人间恶语耻相问,蜗角名利懒琢磨。
羞与同侪分高下,乐将己心论道德。
天发诅咒地发怒,吾亦欸乃奏仙歌。

1987 年 12 月于民师

访同乡王世杰不遇

知春风来早,有心花不开。
枝头鸣喜鹊,应是故人来。

1988 年 1 月 25 日于东垣

约刘剑夫妇逢雪未至

纷乱雪飘约严霜,故人樽前徒思量。
天寒时闻野犬吠,日暮但见归鸟翔。
拄杖村外立松下,翘首西山盼斜阳。
空阔世界独我有,崔护应在桃林旁。

1988 年 1 月于民师

三访刘剑不遇

迎寒踏雪三折面,童姑亦难解云山。
料峭春风雁无信,摇锁门缝一线天。

【注】云山:山高直入云霄,此处为见云山而生念故之意。杜甫《云山》:"京洛云山外,音书静不来。神交作赋客,力尽望乡台。"

1988 年 2 月于民师

客馆思家

纷扬六出埋前路,魂越千山归故乡。
池塘柳下多打斗,庭院阶前争逞强。
兄弟相念须登高,父母病体惦儿郎。
咸阳应是初春色,雪润油菜催花黄。

1988 年 2 月于松树乡

戊辰除夕记事

其一

邻人乞火燃花炮，稚女拽衣强欲观。
坐置客席话除夕，愁在眉梢作笑颜。
妻子十里忙厂务，三弟隔壁值夜班。
夜黑贤妻多保重，除夕小弟可心安？

其二

往岁除夕不夜天，堂前屋后逐笑颜。
弟小饭饱不出门，父母酒后压岁钱。
今宵孤酒对残灯，夜半愁肠共天寒。
邻人烟花传笑语，我闻笑语心泛酸。

其三

孤灯伴酒度除夕，周邻烟花渐成稀。
乾州父母思儿日，亦是儿孙想家时。

其四

洗衣还须做年饭，咸阳游子少清闲。
五更且启新年灶，家人未归何茫然。

1988 年 2 月 16 日五更于民师

夜 吟

更深夜静烛泪燃,手捧诗书心泛酸。
佝偻父母秋田影,雪霜流寒夜间田。
人间养子为防老,我家有儿水隔山。
何时乘得东风去,换得双亲开心颜。

1988 年 2 月于民师

登驮岭南山遇雨

努力爬坡溜亦滑,路上行人笑掉牙。
春风有情招酥手,细雨无意润山崖。
休说新燕啄春泥,且看芸薹绽黄花。
笑迎细雨来又去,独上险峰望天涯。

1988 年 3 月于驮岭

题家室

心闲卧书高,意静心胸宽。
水急波逐浪,翳浓鸟鸣欢。
吴儿喜逐水,桃源独爱闲。
生民各有道,但使愿如磐。

1988 年 3 月于民师

恨

北国风烟紧，南陲战火急。
腐儒何所恨，书中谋衣食。

1988年3月于民师

北山水库行

清贫我所愿，无欲品自坚。
旷野风光新，湖畔鸟鸣欢。
柳叶初展眉，桃花带笑颜。
楼高风愈紧，地僻身清闲。
城市套路深，村野求生难。
愁多人易老，心宽体自胖。
塞北壮荒漠，江南灵秀山。
秋月开人怀，春花在眼前。
无须取长途，但求适意然。
地阔任尔行，青春满山川。

1988年3月20日于北山

家　室

细雨枝头春花醒,天公适意舞东风。
门外绿杨争细雨,庭院红杏唱春明。
娇女不惧风吹雨,山花折来饰门庭。
立脚忙问娘喜否,难解母亲怨恨情。

1988 年 4 月于民师

山中人家

雨霁山腰挽莲花,青烟袅袅三两家。
黄犬无吠闲摇尾,家鸡脚边觅食渣。
村姑相邀趁山净,翁媪拄杖话桑麻。
牛背牧童相对闹,花儿一声到天涯。

1988 年 5 月于松树乡

日暮登南山远眺

目送斜阳碍轻烟,斜阳尽处是家园。
回巢鸟雀归飞急,归栏牛羊慢步闲。
父母倚门空张望,兄弟登高徒凭栏。
我有归心已心知,风高更兼山外山。

1988 年 6 月于民师

望 乡

生性喜浪游,天凉意说秋。
虫鸣星辰夜,鸟悦春树头。
意满争潮浪,途穷弄扁舟。
乡关何处有,山深楼外楼。

1989 年 4 月于民师

赋 闲

猛志一何苦?洁身意踌躇。
斜阳越墙照,远树含烟无。
闺女凭心唱,老父随意书。
忽闻鸟鸣脆,情真意何如。

1989 年 5 月于民师

生 活

偷闲读书意适然,一情一景悦心田。
书中放旷人间事,湖沼多浮尘世烟。
闺女跳绳笑同伴,老父吟诵敲门栏。
忽闻厨房霹雳声,妻怒做饭无油盐。

1989 年 6 月于民师

晚雨愁乡

妻女灯前笑不休，余独床头蹙眉愁。
麦黄正当收碾时，一夜风雨打心头。

1989 年 6 月 6 日于民师

寄 怀

缠身琐事乱纷纷，举头还见遮月云。
风来云去捎带事，但教明月照山林。

1989 年 9 月 13 日于民师

中秋望月

异乡望月又一年，山水纵横说团圆。
仁弟谋生出远门，愚兄将雏在东垣。
白发双亲十亩地，佝偻病体夜间田。
几度思亲寄玉兔，明月无语只转迁。

1989 年 9 月于民师

记 事

近来噩梦时相连,白昼犹恐身不安。
雨里黄花易生愁,风中飞鸿多悲观。
野犬时吠不见影,鸱鸮偶鸣只觉寒。
毁谤流言平常事,尤有贬谪到心间。

1989 年 10 月于民师

暮行东垣渠岸

秋收犹恐冬耕晚,早起晚归在园田。
儿童不谙田间事,河畔烧荒用帽扇。

1989 年 10 月 28 日于东垣

秋 思

官家外出已三载,门扉半掩思想开。
月光无心照床前,明镜有意现愁怀。
红罗且念孤竹枕,青梅尚怜红烛台。
把酒问月月无语,盈盈秋水空复来。

1989 年 11 月于民师

行古鄯途中记事

其一
年罢耕夫炊已断，山芋野草和汤煎。
我今醉卧桑塔纳，思之愧泪抹不干。

其二
野岭簇峰路悬险，忧民伤时何畏难？
即使担责只半日，霜鬓不于镜中观。

1990 年 5 月 20 日于古鄯

川口途中闻事

不倡农桑倡商贾，片片田中尽荒芜。
倒卖只合官家子，难有盈利是农夫。

1990 年 6 月于民和

饮酒答赠

谁言糊涂难上难，只怕愧对酒中仙。
醉卧皇宫亦能骂，或成烂泥街可眠。
沽酒买醉等闲事，卧醉谁管路人嫌？
时局向来肉食者，我辈尽可及时欢。

1990 年 6 月于民师

元夜观灯怀人

其一

新漆栏槛横,亭中独看灯。
明月过墙去,飒然一亭风。

其二

祁连山月湟水平,万家灯火映山城。
前年元夜今如旧,思君不见月华清。

1991年3月1日于山城

感 遇 诗

水上浮萍身是客,亲朋无字艰难活。
晨晓还思梦中事,晚眠独对杯酒浊。
常恐言语成小鞋,灯人对酒相诉说。
人穷莫谈富与贵,凛然一躯可奈何?

1991年3月于民师

闻陈逸先语驴年感怀

陈笑谈人生,言30至45岁年龄间为驴,意即在此阶段,人已过了谈理想、志向的年龄,只须闭目做事,仿佛蒙住眼睛只管拉磨的驴。听后,虽当笑谈,然情不自禁,悲从中来。

当年猛志如啸虎,而今岁月已属驴。

把酒难问苍天事,肝胆向来纸上铺。

1991年4月于民师

赠杜方镇

十年铁窗千秋恨,案翻惊魂怨者谁?
冰心一片随风去,对镜难除霜雪飞。
但思夕阳除霜雪,却悔丹心荒边陲。
重整山河从头越,伏枥老骥胜朝晖。

【注】杜方镇,陕西渭南下吉人,1950年"西北人民革命大学"毕业后被分配于青海民和县农业经济经营管理站工作。

1991年6月20日于东垣

赴杨汉访人不遇书李峰舍门

故园两遭忆旧游，平畴万里蕴劲秋。
血洒高原人未老，白骨收取唱东流。

1991 年 8 月 23 日记写

风雪登七星阁

千年心事向谁言，拍遍栏杆泪难干。
晓愁丹心付流水，暮忧英气随寒蝉。
刀剑时磨试锋刃，肝胆开张壮人寰。
何得苍天倾盆雨，戈挑丹心照日边。

1991 年 11 月 16 日于民师

行古鄯风雪途中

塞外飞雪早，身上衣尚单。
应命未敢负，残躯岂可怜？
古道人行少，荒途路多艰。
骑驴驴不走，卧雪思茫然。

1991 年 11 月 20 日于巴州

除夕夜客馆金城

思家心切急似箭,归途中路无舟船。
金城街中少人迹,客馆店里多空闲。
五杯薄酒半碟菜,一室两床话团圆。
父母应是倚门望,双手胸前祷平安。

1992 年 2 月 3 日于兰州

杨贵妃墓前凭吊

天姿国香有谁怜,马嵬坡前风悄然。
残阳余光无暖意,独孤野鸟步清闲。
日日空闻长恨曲,年年但见风雨寒。
尘世坟前枉凝眉,白练秋月无人间。

1992 年 2 月于马嵬坡

野 鸟

湖泊斜阳默无语,野鸟啼悲欲何如?
天高地阔尽随意,山深林密任尔逐。

1992 年 5 月于民师

马营镇田园行暨花儿会

"花儿""少年",流行于青、甘、宁等地的民歌,女所歌为"花儿",男所唱叫"少年",故亦称"花儿与少年";每年农历六月六日有"花儿"会,亦称"赛花儿",是日,男女尽管自由唱与和,无关年龄。

其一
田园美,菜花催麦收。蝶飞蜂舞鸟和鸣,牧童田头闲折柳,客官能否留?

其二
锄草忙,花儿唱声轻。路旁行者频回首,少年绵绵尽溢情,谁肯再前行?

其三
闲梦远,故园正夏收。日日麦黄须紧割,白发父母叹田头,儿正清谈愁。

其四
闲梦长,少年丹心扬。白云深处牧马蹄,红杏树下啸声狂,花儿放马缰。

1992 年 7 月于马营

七星阁

湟水桥边七星阁,横出群峰壮山河。
檐牙刺天神鬼叫,云缠雾绕飘仙歌。
雁恋大漠绝阳关,鸟飞黄昏穿烟萝。
东来西去天下客,家事国事任评说。

1992 年 8 月于民中

赠小萍

　　春燕衔泥,梨白桃红,香风熏人醉。争闹处,春无悔,无奈寒雨乱点,一夜,红瘦泣绿肥。

　　明净几室,神情兴语,向来有人媚。春如旧,绿雨肥,可怜玉鉴铜盘,稍问,花容偏向谁?

1993 年 4 月于民中

小院即景

葵花院落暮云烧,晚照东篱雀归巢。
稚女听随音乐舞,老父趁闲歌秦谣。
身穷不言济天下,志短唯思备饭肴。
柴门声里小女笑,手举葵蕾给娘瞧。

1993 年 5 月于民师

步履存韵

醉卧川口街

跟跄步履污垢衣,醉卧街头地为席。
口中断续还呼酒,挥手尽谢路人疑。

1993年6月于民中

登 高

峰峦叠翠夕晖里,时有倦鸟斜飞,牛羊声声唤归。牧笛吹醒炊烟,一望便见,蓝色雾了,点点寒烟翠。

兴来携女凭栏赏,却见域外流水,尽惹秦关梦寐。黯然伤魂无诉,才是仰望,旋即低首,回屋做饭炊。

1993年8月于民中

行茶卡盐湖途中

风卷长云挟尘沙,祁连山前独路斜。
夏老八月连衰草,野旷风声少人家。
悲叹莫从心头起,人生何曾在天涯?
日暮飞鸟都看尽,枯草堆里一红花。

1996年8月25日于途中

赴浙别民和诸友席间口占

其一
长江万里悲送客,墨云翻滚浪涛多。
孤棹逝去无悔意,再让东海添新波。

其二
唱罢花儿学越调,人生何处不逍遥?
台州参差十万户,把酒东海酹滔滔。

其三
青海湖畔别君席,祁连山旁涨秋池。
再赏椒海逐新浪,喜看波涛泛春泥。

其四
不惑莫提万事休,但看神州尘烟收。
东海日出千村醒,手把红旗站潮头。

1997 年 8 月 20 日于民和

赴浙别陕西同乡席间口占

其一
慢说祁连千山峻,且看钱塘万木春。
把酒临风劝斜阳,轻舟放送远行人。

其二
莫言年少英气狂,更看老马驰绳缰。
人生百岁转眼过,踏遍青山趁秋阳。

1997 年 8 月于民和

别青海

惯见茶卡荒芜,常闻江南青绿,念想意踌躇。时觉秦关归梦好,极目一望尽无余,秋来满目稻与菽。念去去,山川锦绣,生来应遍尝,塞外野雉,南疆海鱼。

平生志趣高秋,常存丹心腔腹,冰心在玉壶。不惧晴天扬飞尘,何愁人间多风雨?青春只恨无花絮。归无计,尚留韶华,南越可激荡,胸底丹心,年事贤愚。

1997 年 8 月于民和

过函谷关

前度风景宜眼波,今日关前伤离别。雄奇秦关,青海花儿,东吴河岳,从今而后,美酒青春,更待与何人说?

从前惜名难驰作,而今伤悲又如何?不问苍穹,不问日月,休提佛陀,满目只有,萧萧函谷,无语东流黄河。

1997 年 8 月 22 日于潼关

登观海楼

　　秋高风尚远,天际一顷无尘纤。登楼抬望眼,霓虹灯点点。绿树掩映,隐隐玉人影零乱。车流如梭去复来,高楼耸入天际,但有,黄叶添恨,星星只眨眼。

　　人间万事繁,无有头绪理还乱。问来意如何,只道游兴酣。掐指细算,来此确已有数天。待到了熟于心头,东海都成池洼,试问,玉壶丹心,可否能依然?

1997 年 8 月于椒海

与友游椒江入海处

　　不敢忘却来意,约酒朋诗友,忙里些许闲,东海岸边游。烟雨蒙蒙海风凉,江南正高秋。风高雨急路泥泞,伞具闲休,一路说唱,一路风流。

　　潮涨海水西流,平视茫茫海,有帆船往来,天际隐孤舟。此时胸襟如东海,宽阔船舰走。人生能有几回游,只管尽兴,忘却归路,不必言愁。

1997 年 9 月于椒海

登观海楼望秦川

峰峦如聚遮望眼,独登高楼望秦川。
何得分身千万个,跨得山河走泥丸。

1997 年 9 月 15 日于椒海

与金启友中秋聚饮

美酒自酿菜自炖,约朋咸阳远道人。
饭饱不易生苦恨,衣暖可能喜清贫。
杯酒高举尽谢意,竹箸颤抖唯感恩。
方言无拘且尽兴,杯满可消浮萍身。

1997 年 9 月 16 日于椒海

中秋不眠

其一
老树泣秋叶转黄,窗门半掩海风凉。
夜半忽醒有何物,高高孤月照竹床。

其二
孤灯残影难成眠,月圆倍觉霜露寒。
早起天黑强闭目,秋月如银在窗前。

1997 年 9 月 17 日于椒海

无遇感怀

半帘幽梦一室情,梦里红唇惊四更。
披衣窗前把杯盏,病树枝头响秋风。

1997 年 10 月于椒海

闷　感

闲来搁笔数日,唯思椒海游。问胸底,何物是求?只茫然,把酒盏,唯有椒江水,无语东流。

平生何事可成?只是浮萍身。混沌处,只生闷愁?情何甘,胸未平,艳阳高照后,再唱金秋。

1997 年 10 月于椒海

十一日夜不眠

孤灯照影乱翻书,冷雨敲窗风何急。
东西邻舍人已静,墙外车马声渐稀。
取酒独斟暖冷被,欲唱缓吟怕人疑。
妻女有思当入梦,数尽寒星数归期。

1997 年 10 月于椒海

赠 JINJ

曾闻芳名心颇动，后见花容神难宁，终日眼前晃倩影。
莞尔相视灵犀通，质疑柔声眸生情，荷步柳身飘香轻。

1998 年 6 月于椒海

写在修筑海堤的日子里

1997 年 8 月 18 日，台风"温妮"袭台州，原有海塘堤坝决堤，近海处尽成水乡。自此，重建堤坝。

椒江风雨伴潮生，海水决堤倒灌城。
年年夏秋忧海患，岁岁海患还肆行。
且将铁坝迎面筑，更有铜牛侧耳听。
海神对此应自量，百年不敢有怨声。

1998 年 6 月于椒海

戏卜"他乡遇友"卦

浅水滩中无人问，蛟龙河边愁闷深。
蛤蟆绿眼乱聒噪，蝌蚪摆尾添黑尘。
从今风急潮如雷，除却往事污浊身。
待看东海出红日，却主明日风雷魂。

1998 年 6 月 28 日于椒海

居室遇雨

夜雨滂沱倾似淌,屋漉滴水绕竹床。
锦帛布絮新马褂,锅碗瓢盆旧衣裳。
心悲暗鬼易伤身,意定明日有曙光。
孤陋寡闻非所愿,床头搭伞读书忙。

1998 年 9 月于椒海

入住小山头居

门前小街斜巷,两旁人语响。叫卖声里尽鱼虾,脚下处处池洼,活忙煞,外路游郎。

告别秦关爷娘,宿青海平房。江南烟雨曾为梦,而今沐浴其中,叹无穷,游子断肠。

1998 年 10 月于椒海

椒海寄友人

寂寞椒江秋意盛,犹豫扁舟哭北风。
对岸渔火问来意,隔江犹有雨蒙蒙。

1999 年 10 月于椒海

题不惑之年

不惑已过惑亦多,年少胸胆空蹉跎。
前去路途有何物,飞絮漫漫木叶脱。

1999 年 11 月于椒海

探 亲

曾疑在家日日好,谁料出门事事难。
十年磨剑应有成,今朝蓬头多赧颜。
进门父母佝偻身,半响才知是儿还。
白发一声我的儿,闻言落泪跪娘前。

2000 年 2 月于马索村

戏赠同学张

千辛万苦莫畏难,老骥伏枥九月天。
曾喜春花迎风雨,更庆霜月打秋田。
萧萧秋风昨又起,飒飒英姿今益坚。
缚得苍龙回朝日,青春拂面宴金銮。

2000 年 9 月 23 日于椒海

访江南人家

野旷天阔生寂寥,斜雨拄杖过溪桥。
一帘雨雾迷望眼,绿树缝里传洞箫。

2000 年 10 月 2 日于椒海

椒海戚继光殿乱思

南国烽烟秋瑟瑟,天子传诏戎事多。
老臣横刀跃上马,寒峰一夜过黄河。

2001 年 9 月 18 日于椒海

与海霞登太和山

曾恨书山秋老,还羡湖海澄清,冰心恰似长城。太和塔前舒望眼,明珠湖畔说远行,涟漪起微风,潭心更清明,微雨怎可阻征程?

高墙深院紧锁,寂寞春花难红,常怕空负春风。侯门一去难知归,轻云应是层楼好,看椒水向东,整官胠豪情,霞光何曾惧霜风?

2001 年 9 月 28 日于椒海

步履存韵

信步白云山遇雨

偷闲半日野兴长,白云山上鸟啼伤。
秋云兴雨无前兆,竹林深处吼秦腔。

2001 年 10 月 2 日于椒海

假日与鲁晓峰聚饮笑谈经历

湟水岸边十年多,常对秦川唱离歌。
椒江如今千余日,却说故乡在民和。

【注】湟水:也称"湟水河",位于青海省东部,流经青海、甘肃两省,在甘肃永靖县境内注入黄河。

2001 年 10 月 6 日于椒海

倒春寒行次景星寺

暖风乍来,眨眼寒潮骤又至,又天公,无端寒雨不住滴。山路行人稀,空传木鱼,寒意退去矣,分明春已至。小草原有染春意,何故缘小,一任寒潮搓弄,只奄奄待息。

徘徊山间,一望春色气无力,问樵夫,歌吟何故只凄迷?他言休问及,寒凝大地,霜冻谁可除,无如保康体。把酒黄昏劝春风,几度回暖,人间不再寒泣,春色平四季。

2002 年 2 月 28 日于椒海

西溪望太姥山

慢怨青山不记我,我心可曾怜青山?
青山念君空流泪,泪成清溪绕君前。

2002 年 3 月 9 日于福鼎太姥山

咏桃花赠 ZHXR

粉面迎春期雨润,蝶飞蜂舞绕红裙。
转顾周边无限事,绿裹千峰安吊春。

2002 年 3 月于椒海

接同窗刘克韧电话

其一
亲故旧友音信断,别后几经转与迁。
夜来忽闻叙旧事,满目噙泪拍栏杆。

其二
仁贵故里读书闲,课余相闹打斗艰。
笑语再提当年事,眨眼已过二十年。

2002 年 9 月 19 日于椒海

中秋夜宿营明珠里水库岸

云霭隐隐山，山头孤月圆。
虫鸣依风响，竹高凭节连。
骨寒起步跑，身冷篝火燃。
晓闻汲水声，笑叹层楼颠。

2002 年 9 月于椒海

与 YXZH 饮席间见赠

心意早明确，不惑已过，尽管随俗还逐波。谁料遗恨，近来频增多。年少万兜谋，更霜来谁惧寒彻骨，风横哪管雨瓢泼。但而今，何处问心事？镜中衰鬓，胸底明月，乱意流星，无计一任叫坠落。

把酒凭谁说，秋树无果，孤鸿处处皆漂泊。去了鹦哥，迎来尽乌雀。杯酒消残醉，似昏花双目无定物，浮躁怀中皆糟粕。惑益惑，胸臆怎寄托？窗外寒蝉，秋风无边，几点寒星，一望唯剩秋萧索。

2002 年 9 月 25 日于椒海

双十日于风雨中

　　昨夜西风渐紧,寒雨滴到晨,更数断、声声刻漏,起坐看孤枕。灯影幢幢凭谁问,还把酒,却分明照见,白发新添双鬓。

　　秦关是梦难寻,青海渐已泯,只留得、浙海残生,还是孤云魂。风尘仆仆憔悴身,西风在,秋雨打柴门,窗外一望秋坟。

2002 年 10 月于台州海门

拜西塘七爷庙

　　龛前膝拜千般愿,怜惜百姓一线牵。
　　古柳老河应记取,年年四月一十三。

2002 年 11 月 8 日于西塘

椒海约故人未遇

　　空在街头独徘徊,霓虹灯下人未归。
　　旷野曾随蟋蟀走,林中还逐蝴蝶飞。
　　晨上学堂互打门,晚归村头争折梅。
　　看尽过者渐成稀,萧萧寒风挟雨吹。

2002 年 11 月 9 日于椒海

梦故园

昨夜梦魂绕故园,白发父母倚门栏。
造得新屋三四处,只望儿郎俱团圆。
但怨长子落浙东,还忧小儿衣正单。
说到伤心痛彻处,满目噙泪愁怨艰。

2002 年 11 月 10 日于椒海

再忆中秋夜

终日消棋盘,猛志谁与谈。
越剑埋深泥,吴钩卸弓弦。
庭空人独立,秋浓雨多寒。
最怜慵懒日,抱月湖边眠。

2002 年 11 月 11 日于椒海

约友未至

山河锦绣东南美,鱼虾堪为椒海肥。
应觉茶饭酒正温,石头城里去来归。

2002 年 11 月 12 日于椒海

清修寺秋思

一帘雨雾惹清秋,万里落木荡客愁。
对面谁家传歌舞,身旁邻人送清喉。
家在何处时常问,身作浮萍几时休。
寒鸦噪暮清修寺,斜雨一夜打心头。

2002 年 11 月于椒海

书心中块垒

少年丹心今何意?朝暮随雨和泪泣。
恨不狂飙来天外,神州处处百鸟啼。

2002 年 11 月 17 日于椒海

读《日本,你听我说》

东瀛从来即祸患,秦皇应悔觅灵丹。
甲午卢沟桥边事,海潮夜夜拍栏杆。

2002 年 11 月 20 日于椒海

望长安

西望长安又一年,春花秋月独凭栏。
浙东风物宜眼波,椒海新友不寒暄。
无奈浮萍自来心,更那篱下添愁颜。
归去来兮归来去,孤月无语只转迁。

2002 年 11 月于椒海

别小山头居

橘树迎门,青山润望眼。尺径俱是石铺就,又清风常自扫,恰似一尘难染。日暖睦邻聚笑谈,更喜儿女荡秋千。明月夜,相聚话团圆。

斗室稍葺,光洁如新翻。竹榻皆令木凳撑,常恐倾覆难免,取来书刊微垫。床头几上俱摊书,清风自知不乱翻。只瘦竹,日高节愈坚。

2002 年 11 月于椒海

椒江境遇

其一
愁忧常锁两眉间,千头万绪缠心田。
望断白云不见日,拔脚泥淖何处干?

其二
风吹乱丝不见头,左梳右理皆烦忧。
常对流水说心事,还盼秋风消万愁。

2002 年 11 月 25 日于椒海

椒 江

椒海风雨带潮生,澎湃一夜寂然停。
回首朝阳重生处,赤县神州彻照明。

2002 年 12 月 8 日于椒海

台 州 行

神州赤县多胜景,坐占东南有台城。
岭融沃野接星辰,海壮山魂纳雄风。
风中白浪愈益奇,雨后青山分外明。
试看章安故旧郡,东风催来万木生。

2002 年 12 月 10 日于椒海

夜 吟

腥风血雨沽豪迈，孤胆寒剑向夜开。
老夫身家性命事，日月紫云染情怀。

2002 年 12 月 26 日于椒海

思 定 居

此生风波不曾住，更寒冬，凭栏深处。冷月彻照乾坤，点窅窅丛林，指条条沟壑，送目数断险山无重数。还低头，踏落叶，孤馆阶前独踯躅。

年来疲惫生残躯，知白发，双鬓紧促。趁定衰骨未朽，踏丛丛荆棘，历条条幽谷，再让青山唱遍阳关曲。名与利，粪土如，和风送我春山去。

2003 年 1 月 13 日于椒海

日暮独登白云山

拍剑朝天凭谁问，云汉邈邈孤月轮。
寒光一道随风去，山野深处是荒坟。

2003 年 2 月于椒海

悔事两章

其一
恨将平生付儒生,咬文嚼字何事成?
早知生年如流水,何不潮头笑东风?

其二
剩余残生不知归,独路徘徊欲盼谁?
清渭岸边柳自新,青海湖里鱼正肥。
把酒难消少年意,拍剑唯有故纸堆。
缭乱心事搓不尽,鹧鸪声中黄叶飞。

2003 年 5 月于椒海

觉 悟

夜来华梦初惊,轻推妻问,当时只三更。梦里繁华去无踪。户外人语断,悄寂了无声。披衣窗前望北斗,户外柳细细,柳里月朦胧,吹襟一帘一剪风。

谁人幻梦荣华,常萦心中,还冀白日赢。蹙眉愁心劳无形。把酒常失欢,苦累负人生。细说当年五侯处,丛草萤火虫,万里鹧鸪声,一壶浊酒酹天明。

2003 年 6 月于椒海

居 闲

早遛野鸟晚弄花,傍溪独步夕阳斜。
忽惊少年丹心事,花问我来我问花。

2003 年 9 月于椒海

日暮与友登枫山

繁忙里,抽取些许闲暇身。久违了,姑且做流民。谁惧山高路崎岖,情切切,少年意气尚存。拾级渐觉气喘紧,抬头却喜松竹绿,听鸟雀鸣自幽林,静修庵前皆绿云。

峰巅处,眼界顿时开胸襟。弥望中,尽显秋气氛。尘世谁人争高下,荡悠悠,看断山间白云。疲惫方知身躯老,跌宕始识人情薄,喜老翁红薯新挖,去皮自可一为飧。

2003 年 10 月 24 日于椒海

早起行塘岸村道中

微雨易洗尘,轻风漫说春。
红杏带露浓,出墙笑行人。

2004 年 4 月于椒海

醉笑记事

出门朝天笑,落日椒江桥。
松动凉风起,玉兔桂树摇。
杯中少心事,世间多蓬蒿。
心事哭不得,漠漠云汉高。

2004 年 5 月于椒海

梦　醒

夜来噩梦紧相连,惊起坐看,还是子夜天。苦累妻女睡正酣,梦驻秦川。披衣独坐沙发,回转徘徊阳台,细看月归西天,清点星辰眨眼。

辗转漂泊二十年,历数青陕,椒海已三站。经历风霜不畏难,但恶流言。处处做事谨慎,时时梦里脱凡,蝺蝺人生苦累,总添几声哀叹!

2004 年 5 月 9 日于椒海

题深闺幽兰

闺院深几许,兰幽霜雾欺。
海上明月生,辉光不相及。

2004 年 5 月于椒海

寒夜遥寄深闺幽兰

其一
夜寒衾冷看孤枕,灯残屋空望星辰。
荆吴遥遥千万里,雾锁幽兰叹闺深。

其二
情伤何须怨杨柳,飞絮终究惹路人。
坐看浮云向南去,夜寒还需掩柴门。

其三
海天愁思何茫茫,荆吴两地空断肠。
对镜忍看霜鬓影,抱被倦卧懒梳妆。

【注】深闺幽兰:网友名,具体名姓不知;"寒夜",我之网名。

2004年5月于椒海

遥寄灵心女

秀灵寒梅感地阴,芳心深冬报春开。
莫怨人间不相识,冷月冰心共徘徊。

【注】灵心女:网友名,具体名姓不知。

2004年5月于椒海

野　鹤

莽林野鹤独盘桓，夜深一任抱月眠。
画影清溪摇危崖，断云松枝舞翩跹。
无怪鹦鹉学人语，但羡梅花唱雪寒。
到得春草涧边生，绿动塞北与江南。

2004 年 5 月于椒海

斗室居闲

几净窗明透斜阳，把酒却恨无东风。细数当年丹心事，只有白发新添鬓，无语无语，勉强自己使无情。试邀画里娇媚，秋水朝众洒，我闻卷帘声。

草草饭后卷画帘，书里细听先贤声。他言往事休再提，珍视残躯度人生，切记切记，无须看重一阵风。起身徘徊斗室，皎皎孤月明，萧萧台州城。

2004 年 6 月 5 日于椒海

醉宿松林

酒酣松林不知归，醉卧还喜松芳菲。
潭中月醉我似醒，把酒分与月一杯。

2004 年 6 月 10 于椒海

遥寄蓝彩雨滴

思君不见君,空余泣泪涕。
泣下随蓝儿,风动顺雨滴。
忽见彩虹现,却是暮云移。
相思寄明月,海风直向西。

2004 年 6 月于椒海

磨　心

忍卧椒海图磨剑,八年不顾暑与寒。
眼前琐事懒相问,蝇头小利耻于言。
西林风动心有觉,东海涛起血欲燃。
待到长安云涌日,寒光直到阿房前。

2004 年 6 月于椒海

题竹林草屋

海畔幽林草木深,潮平林静抱琴吟。
山雀随声时来和,蝴蝶趁兴翩然寻。
抚竹只怕节气短,观海尤勖胸怀真。
青山踏遍英姿在,歌罢大江月黄昏。

2004 年 6 月于椒海

夜登观海楼眺远

　　山重重，水迢迢，举目山水路遥遥，断鸿声自悄，孤魂何处飘？西北望尽，东南看断，星月深处，无端落木风萧萧。楼门无锁，雾绕兰花草，残夜更漏静悄。

　　星点点，月皎皎，数落星月天破晓，椒水多澎湃，海浪逐心潮。青海无涯，湘蛮何处，山重水复，路长山深雾缭绕。冥冥小舟，荆楚一鸿毛，管他地迥天高。

2004 年 6 月 23 日于观海楼

灵江夜雨遥寄

　　暮云收尽山幽，凉月初上如露，茫茫楚水横流。勉强抬头极目处，江面灯火繁，往来有扁舟，纷纷人语稠。争渡？争渡？分明唯见一江秋。

　　酒酣杯尽说不，执手还看却无，霭霭灵江无语。却逢天公作雷罢，洒向人间雨，不思苍天恨，唯觉江水去。谁哭？谁哭？隐约扁舟过芜湖。

2004 年 7 月于椒海

忆 旧

新绿初上柳河,偏却逢,霸陵话离别。淡看妆泪湿袖罗,把酒轻唱离歌。可怜当时年尚少,许于英气勃勃。粉泪柔肠忍堪顾,掉头西,向明日,哪管风霜消磨?

二十一年忽过,待回首,柳老与谁说?别来往事不成歌,落木谁家城郭?红尘情志蹉跎了,白发双鬓婆娑。回首旧日情伤处,肠揪断,气捶胸,羞煞人间风月!

2004年9月于椒海

再访清修寺

曲径一线通山巅,层林高竹掩禅园。
晨起唯闻木鱼声,晚归但见寒鸦还。
风中古寺歌旧调,龛前香客添新颜。
几度兴废谁人定?试看椒海变桑田。

2004年9月于椒海

悟网聊

朝寻寒梅晚问柳,绿杏红桃惹门庭。
转眼春色无处觅,衰草连天哭秋风。

2004年9月于椒海

近况写真

当年好抱负,志比红日:曾想金戈铁马,边塞一展穿石[①];也思三尺牌戒,公堂直秉犟项[②];狂暴风雨沐浴事,断头亦无悔,只唤作,忧患关乎黍黎。

而今趣何在?唯忧康体:早起栉篦白发,厅间懒舒僵肢;猛啸胸底闷积,清嗓声哑无力;毫毛琐事皆忧泣,生计更煎熬,转问妻,今日何种天气!

【注】①穿石:《史记·李将军列传》:"广出猎,见草中石,以为虎而射之,中石没镞,视之石也。"
②犟项:《后汉书·董宣传》:"(皇帝)令小黄门持之,使宣叩头谢主。宣不从,强使顿之,宣两手据地,终不肯俯……因敕强项令出,赐钱三十万。"强项:俗称"犟脖子"。

2004 年 10 月于椒海

寒露日椒海感怀

寒秋逼近,黄叶飘转,时觉风寒霜飞。枝头残红都落尽,看纷尘,只道斜阳已成堆。

断梦秦川,止步椒海,青海丹心是谁?把擢青发樽前恨,捶怅胸,酹酒伴去椒江水。

2004 年 10 月于椒海

月夜独饮

身无作为闲度日,似锦年华无声息。
曾想江南驰骏马,却愧塞北作秋噫。
世间自古存悲壮,人生向来少己知。
持杯且向苍天敬,酒后星月也凄迷。

2004 年 10 月 20 日于椒海

湖州归未眠

薄酒不成眠,辗转三更天。披衣徘徊小庭空,窗外月圆中天,有几多寒星,几多闲梦远。

心底春事繁,怎与人语言?思来连理五月暮,休管他人扯淡,却分明看见,月已落西山。

2004 年 10 月 26 日于椒海

与罗正义席间见赠

松风万里卷长烟,澄澈长空只等闲。
起航船舰趁风势,把橹舵手稳船帆。
鲲鹏举翼凭天高,蛟龙浮水喜深渊。
胸怀苍生天下事,满川风雨一蓑烟。

2005 年 2 月于椒海

清明太和山主人答客

湖畔桥头是吾家,窗外松竹绿无涯。
垂钓湖水晃碧影,漫步桥边弄野花。
松下棋闲悦晚照,柳旁樽乱迷烟霞。
对啸空谷山水绿,竹竿轻挥走暮鸭。

2005 年 4 月 5 日于太和山

闻 LYB 事不期

无序秋风起天末,灯人对酒唱悲歌。
苦雨凄风误青春,冷言恶语阻路绝。
人间是非何人定,世上公理凭谁说?
试看樽前多少恨,西风黄叶乱城郭。

2005 年 4 月 15 日于椒海

代为山涧运笔

迷魂不该三月暮,柳长莺飞正堪游。
湖山当是为君设,顽石岂能阻清流?

2005 年 4 月于椒海

延安行

塞外江南风景异,艳阳催促行程急。
碧玉长空鸣鸿雁,青翠峰里传羌笛。
牧羊鞭梢信天游,农户院落鸭儿梨。
杨家岭上好风景,一声秦腔百鸟啼。

2005年8月10日于延安

春节白云山眺秦关

岁岁椒海望秦关,朝朝冷被抱梦还。
三弟病蚀骨如柴,父母年迈心熬煎。
望断白云归无计,时忧身上衣尚寒。
雁来问信总无凭,风雨潇潇层楼颠。

2006年1月于椒海

惊闻高堂病体

云霄直挂九千丈,烟里牵心比丝长。
但得天公风雷吼,随君一刻到咸阳。

2006年2月28日于椒海

步行上班

早披晨霞晚踏月，孑然来去步当车。
荷花含露娇气盛，情侣牵手甜言多。
近村时闻柴犬吠，临湖细辨越女歌。
老夫兴来随意起，秦腔一声壮山河。

2006 年 3 月 14 日于椒海

春日怀人

樽前强欲留春住，倩柳无言，风絮飘恨，砌下落红无数。风打雨摧折，花魂谁人能诉？梅走江汉，莺去沪里，燕飞荆蛮，寻芳怎还有去处？

庭院独坐对雀啼，邻里笑声，墙外人语，尽惹飞鸿思绪。心间真意在，尘封胸怀深处。望眼浮云，烟中雾里，风里雨中，茫然眼前尽飞絮。

2006 年 3 月于椒海

凭吊临海戚继光祠

戚公祠堂多胜迹，总伴海潮怨声疾。
早知东瀛还觊觎，东京城里牧马蹄。

2006 年 3 月 26 日于椒海

答赠 CSH

寂寞春花和雨泣，迷乱心事无人知。
身旁杨柳丝无限，还被淫雨误春时。

2006 年 4 月于椒海

清明聚饮赠卢林妮诸弟

经年万事都秋风，孤馆身伴影，时闻雁悲鸣。持杯只伴夜空阔，三更数五更，一任坠流星。

星星鬓里数星星，总道春心盛，唤作白日梦。丹心尽劝事功名，可怜身微贱，曲词有谁听！

2006 年 4 月于椒海

初夏金马水库出猎

恨镝一声响云霄，掀动椒海三千潮。
穿云破雾朝天去，万顷芦荻风萧萧。

2006 年 5 月于椒海

端　阳

今岁端阳椒江口，风雨独酌观海楼。
风中万木壮山城，雨里千花秀台州。
身无琐事清欢多，心存斜阳大江流。
醉眼忽现弄潮事，一江风雨半江愁。

2006 年 6 月于椒海

答女儿祎梅问

砺节竹林边，凌空气如山。
风狂雨何横，霜欺志愈坚。
浮萍人生苦，雄才多磨难。
节气何所值？口拙愧无言。

2006 年 7 月 14 日于椒海

初秋自问

不拜鬼神不求天，何事煎熬独凭栏？
竹瘦只因立岩穷，节硬原在笋芽前。
勿愁驿外桥边雨，且看雪里梅花颜。
人间心性天自定，知命年里且加餐。

2006 年 7 月于椒海

泛舟兰溪江所见遇

兰溪江上雨似倾,明丽山川顿空蒙。
孤篷老翁举瓦瓯,兴来越剧唱一声。

2006 年 7 月 20 日于兰溪江

松林涛声

拄杖松林听海涛,心潮澎湃逐浪高。
乌鹊巢坛君恩重,凤凰远堂鸡欺巢。
为民怎敢惜残躯,正义岂能惧青猺?
长啸一声惊何物,百鸟翔集走鸱鸮。

2006 年 7 月于椒海

偶　成

昨夜霜风紧,今日秋长晴。
放眼前途路,把酒笑西风。

2006 年 8 月于椒海

闰七夕寄 CHXR

辗转何事夜无眠，徘徊庭院三更天。举酒还问牛郎，银河今夕何年？

微风鹊桥柳吹绵，朝暮唯见云飘转。河汉不解风月，七夕水波犹寒。

2006 年 8 月于椒海

椒海戚继光殿再凭吊

昔人长往矣，但殿中塑像，俊颜英姿：一握越王剑，一持吴王钩，挺立潮头，怒目向东瀛，把青山穿破，一望都在东海里。

往事越千年，秦皇觅神丹，遗留祸端：觊觎钓鱼岛，又窥南边海，无有停息，神州岂无人，拼十万头颅，雪了百载千年耻。

2006 年 9 月于椒海

闻唐友人之任督学寄意

妾有绣衣罗，颜色与众别。
不让清一色，但求色斑驳。
齐整易生厌，殊异多鲜活。
愿郎即时穿，帅气向蓬勃。

2006 年 9 月 10 日于椒海

痴 傻

西风长送春逝了,一望尽衰草。夜寒月明惊山鸟。无须听,又道是,孤鸿分明尚且叫。

夜夜愁肠酒难消,痴情无计了。只道忘却是最好。言未定,誓仍在,谁叫心事又缠绕?

2006 年 9 月 22 日于椒海

椒海十年祭

椒海十年问死生,风狂雨横起征程。
放声一悲动地哀,歌曲几回感清明?
鸣蝉饮露歌好梦,腊梅立雪诵春情。
问取杯酒怜天意,何日把旗唱东风?

2006 年 10 月 3 日于椒海

深秋感怀

昨夜西风猝然至,梦觉寒,冷意透竹席。衾与枕,时被寒风袭。起身闭户披衣。月一弯,适确才转西。能否知,今夕何处,更今夕何夕?

无群孤雁独飞疾,到而今,南北共四地。纵与横,踏越三千里。数尽青山湖池。北与南,树树皆秋意。恨无计,何枝可栖,又何枝能依?

2006 年 10 月于椒海

与友登太和山见赠

世间万事细如毫，裹脚其间催心焦。
有空登高胸野阔，无暇顾后云汉高。
眼前秋坟埋抔土，身后东海泛新潮。
且喜秋阳红枫色，江山万里俱妖娆。

2006 年 10 月于椒海

梦醒前后

夜里噩梦簇相连，妖人紧纠缠。危屋旧房帘，无可依靠只坠陷。落地惊魂还未定，屋内有，红袍道人，合掌至额揖烛盏，凶恶情烈，直逼在目前。魂魄深悸，胆战惊坐起，当时只，三更天。无边黑暗，秋意正风帆。

披衣唏嘘叹窗前，妻女睡声酣。取酒独斟酌，惊恐依旧绕胸间。回思往昔与人善，其真诚，日月可鉴；淡与周围争高卑，只修品节，以厚吾浩然。如此情怀，天意何不怜？人艰难，梦相煎，点数星辰，无语对天叹。

2006 年 10 月 14 日于椒海

感于网上会议图

曾哭四海无生气,更痛九州万载习。
一人言下无他声,万众堂上响鼾息。
争奇斗艳万木盛,剑寒刀霜千山一。
恨不盘帝重抖擞,九州生气展红旗。

2006年10月15日于椒海

朝事不期与友同勖勉

西风紧,雁悲鸣,落木萧萧满台城。秋风起无情,愁来惊三更,权当一场梦。

世间事,总难料,人生难得开口笑。悲愁无计消,把酒酹江潮,任他染鬓毛。

2006年10月于椒海

暮登白云山

抽身万事抒胸臆,白云山上众鸟啼。
目尽东南四百州,西风劲吹柳依依。

2006年10月于椒海

秋 夜

长夜起无眠，秋风无限寒。
庭中独步空，窗外西月残。
遥怜女儿弱，更痛拙妻艰。
悲来双亲病，头白泪不干。

2006 年 10 月于椒海

自 砺

江南万里送悲客，持酒朝天为君歌。
莫使愁心催颜老，且听喜鹊唱新柯。

2006 年 10 月于椒海

省 梦

昨夜闲梦远，魂归故园。乡间小路已成阔，绿荫依旧蔽日，树缝筛日斑；儿时田，今已果园；兄弟登高遥相唤，莫恋他乡海，归来兮，嬉戏池水边。

梦觉空枕寒，徒留吁叹。谁人边塞度青春，不思盘根错节，残梦留江南？梦去了，灯火阑珊；把酒邀月三更天，将无限秋意，都赋予，目前这杯盏。

2006 年 10 月于椒海

书春秋无序状

　　北国春意浓,处处绿。葱绿山间溪水清,小路树荫新,人在画中游,更兼蝶飞蜂又舞。熏风馨雨手相携,信步一任绿陌头,谈笑自如。

　　醒来知是梦,思无序。西邻街中人语断,新月透窗寒,促织叫无休,起身独对窗言语。雁过音信无觅处,惆怅唯有己心知,人生何苦!

2006 年 11 月于椒海

椒海立冬日

　　风不定,雨难停,风雨潇潇满台城。黄叶乱秋风,风雨迷失西与东,霜露一帘迷蒙。

　　霜飞横,露凝重,霜露叠叠碍前程。鸱鸺叫三更,归去来兮空无凭,把酒忍顾空庭。

2006 年 11 月于椒海

梦惊三更

梦醒三更神黯然，取酒独斟还凭栏。
周邻悄静人语尽，路旁灯火已阑珊。
魍魉黑手遮天暮，鸥鹏一声惊魂寒。
愁肠千结酒一杯，风卷竹帘雨潺潺。

2006 年 11 月 10 日于椒海

思青海

一别青海十年许，归去别无言语，空阔草原铭刻骨。云白长空碧玉，旷野牛羊跑无数，驰马千里无隔阻，只清风徐徐。约酒朋诗侣，偷闲常相聚，慢品奶茶，细嚼湟鱼。

离愁别恨酒一壶，且享椒海瘦竹，漫怨江南人情疏。海阔容放船帆，潮汐台风竞相舞，风疾众手摇千橹，吴儿催情目。望东海风云，摇荡开胸襦，把酒笑迎，朝云暮雨。

2006 年 11 月于椒海

观海楼远眺

持酒斜阳山头立，椒海苍茫秋如诗。
吴儿喜逐千帆舞，长风落叶展红旗。
风里云烟岂能久？雪中蜡梅愈益奇。
谁人梦里愁风雨，台州湾里放马蹄。

2006 年 11 月于椒海

观海楼愁远

斜倚危楼怅北风,隐隐孤鸿影,来去只无凭。满目黄叶飞衰草,舞向塘池,尽将黄昏搅。

恹恹落晖病远山,树树裹云烟,闲情都赋远。山岫雁鸣寒来早,低首疾步,呼儿取糟烧。

2006 年 11 月 12 日于椒海

晓行霜雾中

马蹄踏霜趁月高。落木叫鸱鸮,声声伴寂寥。挥鞭驰疾马,深港船坞送客号。把握越王剑,阻道蛇蝎正堪扫。更喜却,野旷鸡鸣迎客到。

理想三界尽尧舜。壮志凌云霄,心浪逐海潮。秋深红枫叶,长啸声里黄叶凋。紧张夫差钩,迷路云雾何处绕?君且看,松风万里卷云涛。

2006 年 11 月 15 日于椒海

临海夜无眠

孤馆对寒灯,帘外风雨声。和衣强自闭目,烦乱心滔卷未停。起卧三番听三更,把酒舞空庭。

秦关一阵风,青海湖边梦。椒海历数十载,何处春暖驻征程,舒展豪迈慰平生?开窗挹北风。

2006 年 11 月 27 日于椒海

椒海磨剑歌

磨剑椒海岸,寒光照碧天。
小磨初试刃,风起古木残。
挥手远天地,举步渺目前。
待到长风日,红旗函谷关。

2006 年 12 月 1 日于椒海

即 兴

近来时觉眼昏花,犹愁椒海成吾家。
梦里秦关闲说麦,笔底青海慢品茶。
雪飘北国莽原野,雨润江南红茶花。
唤得东风随潮去,开张胸胆浪天涯。

2006 年 12 月 4 日于椒海

赠太和山溪主人

一湾清溪碧山月,芦荻瑟瑟舞婆娑。
老翁孤舟歌一曲,惊起飞鸿朝天河。

2006 年 12 月 7 日于椒海

答鲁晓峰、姜孟昨夜事

昨夜东楼不记醉,明月好似在窗帷。
醉卧街旁仍呼酒,众手捧得西月归。

2006 年 12 月 11 日于椒海

晚约鲁晓峰饮

黄昏渐近独倚楼,风悄悄,云舒烟霭稠。鸟去鸟来归,横天一抹椒江流。天际渺渺有孤舟,抚膺当识离别苦,溟蒙浙沪游。

西楼昨夜似有约,松竹院,寒梅正抖擞。临窗细斟酌,字画境中弄千秋。人世几回可舒意,故人樽前说清秋,冷暖一壶酒。

2006 年 12 月 17 日于椒海康平

至日记事

年关渐近风雨急,东邻窗前歌凄迷。
我言诗酒可消愁,他道愁来除无计。

2006 年 12 月

梅

无意争春春先到,冰雪城中独妖娆。
严霜能欺应时叶,雪压梅花品愈高。

2007 年 12 月 28 日于椒海

再到杨汉中学

一别杨汉三十年,西漂东泊孤云寒。
走马新疆迷正道,秉烛青海抱雪眠。
风起椒海意踯躅,心有旁骛马不前。
心雄万夫今仍是,夕阳依旧笑青山。

2015 年 8 月 9 日于杨安村

答姚福龙事

我有心事谁人知,清渭岸旁柳依依。
无那日边鸣翔雁,便乘诗情和羌笛。

【注】北戴河、坝上草原赏游行程结束,7月31日,从天津出发回陕探亲;8月9日访故地杨汉中学,发其照片,师专同窗姚问及从陕西到青海往事,以诗答之。

2015年8月20日于椒海

中秋思乾州

又到一年中秋夜,谁人枕边唱离歌?
击节难吟团圆月,轻抻窗帘将月遮。

2015年9月27日于椒海

秦月轩赠同乡赵辉

台州湾畔闻秦风,鱼羊二鲜不相争。
但有乡音聚乡情,把盏西凤唱月明。

2016年5月21日于椒海

俊辰试周见赠

日月星辰日日新，彻照寰宇养生民。
江南才俊得天时，利物济世是初心。

2017 年 11 月 13 日于康平

宁溪观灯偶遇

银花火树舞春风，彩凤鱼龙各不同。
忽见游人齐聚首，铿锵锣鼓过溪东。

2018 年 3 月 8 日于宁溪

赋蓝庭新居

清溪流门前，鸟鸣屋后檐。
窗外柳絮新，庭院落叶闲。
晨晖送暖意，溪流浮青烟。
风来风自去，旧林山外山。

2018 年 3 月 17 日于康平

晨行白云山小道

踟蹰小径春寒爽,烂漫山花摇春光。
人间万事随风去,一声长啸云飞扬。

2019 年 3 月于康平

同学聚会偶感

其一
弹指一挥四十年,历尽沧桑笑依然。
而今重聚忆往事,无限风光在眼前。

其二
皱眉细辨梦中人,泪眼蒙眬叹风尘。
如烟往事说不尽,今朝只话肖家村。

2019 年 4 月 13 日于椒海

晨　练

觉醒已是天大明,
坐起时闻布谷声。
茂林修竹安国园,
长啸一声引清风。

2021 年 8 月 10 日于椒海

赴三门途中

日暮舟中过椒江,浅斟缓酌慢思量。
雨润江南千花红,雪裹塞北万里霜。
芜杂世事争不尽,纷乱忧思情何伤?
休问前途有何物,且立潮头看斜阳。

2021 年 10 月 7 日

签名赠书偶得

其一
年来万事不上心,
整理过往弄红尘。
酸甜苦辣一杯酒,
不向夕阳唱秋坟。

其二
趔趄步履愁闷多,
孤灯人影相诉说。
喜怒哀乐从心起,
落满人间与天河。

2023 年 12 月 27 日于观澜

"步履存韵"结束语
——拟普希金《我的墓志铭》而作

这里埋葬着董琳和他年轻的灵魂
童稚的情怀与世俗的感情
  共同消磨了他的一生——
美丽的希望给了他幸福的苦恼
焦心的失望给他带来含泪的微笑

他表面上看来有点憨直
但在他高原般宽阔的胸怀里
  存放着一颗真诚而善良的心——
他实在是个为着世界和人生
  而祝福与祈祷的过路的客人

跋

家家有本难念的经，人人有件感怀的事。

2007年8月的一天，我突然接到一个电话，区号是陕西的，号码，我不熟悉。接听后才知道，打来电话的，是我上师专时的同桌，也是我师专毕业参加工作后的第一位邻居——白石先生。我与他不见面已有二十多年，突然接到他的电话，我当时的心情，想必所有人都可感受到。

相互问候之后，他告诉我，他已经出版了他的第一本书，并告诉我，他正准备出版他的第二本书，计划到退休前再出两本，他说，他这样就算对自己的生命有个交代了。

我钦佩他的才华，为他胸存目标并为实现目标锲而不舍的精神而欣喜，为他对生命的负责态度而点赞。电话快要结束时，他问我是否还在写作。一提写作，我就心痛，因为它确是我的喜欢，不仅是在上学时，参加工作后也都如此，且一直如此。

我不善交际，也不善与人周旋，还讨厌"口是心非""见人说人话，见鬼说鬼话，见了人鬼说胡话"的人，更厌恶人际间的钩心斗角；生活方面，我近乎白痴——我的禀性我清楚。孤独时，我常胡思乱想，有时也闭门造车。我是中文系毕业，这闭门造车的活儿，除了写作，就只剩下写作了。好的一点是，上学时，偶尔写点小诗或小感想什么的，如被周围同学看见，他们顺口表扬几句，从而激发了我的兴趣；参加工作后，为使自己于空闲时不那么寂寞也就信手涂抹一点，但大都属于自我欣赏，偶尔发表个一两篇，换来半盏酒喝，也带来一点慰藉。但在现在的环境里，我的这种做法近乎愚鲁，让妻子、女儿深生埋怨，当然也就常常让自己羞愧。我曾一度放弃，想努力改造自己，让自己融进周围热闹的世界，与钞票银子同舞蹈，和灯红酒绿共欢歌，但常常事与愿违，而我内心的痛苦愈是厉害：我成了最贫穷最失所的人——银子钞票没赚到，连自己平日的喜好也丢了。这样，留在我心里的，不仅仅是痛苦与无奈，更多的还有因空落而深感生活的了无生趣。我知道，我一直徘徊在荒野，而时常心痛于斗室。

这写作的事，经白石先生重新提起，我不自觉地说了句："还是和从前那样，兴趣、灵感来了，就顺便涂抹涂抹。"我知道，我这话里，文学就像是我生命中的鸡肋：融进文学，但我"六根未净"；放弃文学，却又未能割舍，也许我的禀性决定了我就是这个样子，仿佛我的水平决定了我的学识，而我的学识也就决定了我只有这样的水平。

听了我的话，他就说："上学时，你的思想还是很有个性与新意的，咱俩同桌时你所写的，我依然还记得几句，而这几句也曾激励过我。"说着，他便在电话那边给我念我当年写在日记中的一段话："心灵，每一次新鲜而微妙的颤动，我都用语言将它谱写；这并非以此来求得永生，只是为了我更明朗地生活；爱在情感的天平上只是美，热血澎湃了这美，便有了我这如许的诗与歌……"。

我知道，这是他对我的夸奖，虽然有点安慰的味道，但我还是有点窃喜：时隔这么多年，居然还有人记得我，记得我那时所乱涂抹的内容，真是不容易。窃喜之后，我想：这也是他在通过夸赞我而来炫耀他自己。我就笑笑，只是随便地应答："谢谢夸奖，老同学，好桌友。""你把自己平时所写的，整理整理，就像你说的，咱不图留个什么名的，只求活得明白一些，给生命有个交代罢了。"最后，他又教导我："人首先是个思想家，然后才能是个革命家。你上学时的理想与抱负，我都曾经羡慕与嫉妒。你不会是个不能坚持的人吧？文学是个老黄牛式的工作，这是教授说的。希望你坚持。"他这话，却让我反思自己。

对于世界，我认识不深——我没有明亮与睿智的眼光，也缺乏认识世界的学识和水平；对于生活，只要能看到我今天还活着就行，"心如死灰""死了没埋"或"埋了没死"，是对我目前生活的最好写照。对于周围的人与事，我懒于观察，也懒于牵涉，我理不清世事的纷纭，世界也仿佛忘记我——我是个最为懒惰的人，也是个最为多余的人，我为我的懒惰与多余而负责。对自己，截至目前，我的认识也只是模糊，除了了解自己长相对不起观众以至严重有碍人们的观瞻、影响城市市容外，我还知道，我可以，并且只能当个教书匠。我懒于与别人争，包括名誉甚至钱财，因为我深信"我不与人争，则天下莫能与我争""多琢磨事，少琢磨人"应该是我们生活与做事的正途。上师范时，我就想着要把书教得像个样子，就当个教书匠。目前，我实现了我上师专时的愿望——我爱这些活蹦乱跳、淘气不已的孩子。养家糊口是我的必须，现在还能马马虎虎过得去；工作之余，闲暇无聊，便偶尔动笔以记自己的所行所为、所言所语、所思所想，并以之舒缓心情、调整心态、安慰自我。而这，则是我唯一能做到的，但这只是想让自己空闲时候有个活儿干，不至于空虚得百无聊赖而生活得了无生趣，至于此外其他的什么，我不敢奢望与欲求，因为我还多多少少知道一点自己的秉性与天赋、能耐与水平。

"你知道，生命都是个独特的存在，也就成了一处独特的风景。你生命的风景是怎样的，你最清楚……你听着没有？写作的事，不要放弃啊。"白石先生在那边既吼又叫。对他的话，我只是随便应付："嗯，好的，老同学。"大概，他也听出了我的应付，于是，电话里，他鼓励与赞扬齐飞，教导与期望共舞，说得我心里直发毛。为了尽快结束谈话，我就顺嘴说了句："好的，听朋友的话，跟老婆走。"我挂断了电话。

我以为写作的事就是随便聊聊的，取笑调侃是可以的，千万不能当真，也没有当真之必要——凡事一当真，痛苦便跟着来，因为我还不想让自己痛苦着过日子。但没料到，自那以后，白石先生却经常给我打来电话，除了询问我的家庭、我的子女、我的身体、我的生活、我的工作以及我的收入等情况外，还特别问我写作的事，我感到烦，就每次给他说个期限。这不，今年年初，他又打来电话，说笑之后，又问及我的写作："你的许诺，早都过期限了吧，怎么样，你不会是个食言君子吧！我给你把出版社都联系好了，人家也还问过我好几次了。你看着办吧！别让我也跟你一样做个食言者。我再也不跟你提这事了，我都烦了。"他仿佛很是生气，一副"额头上贴邮票——走人"的口气。

在白石先生隔三岔五的催促下，我将自己平时所记写的按时间顺序进行整理，到现在，姑且结成了这么一本小册子，算是对自己过往脚步的回顾，对老同学、老桌友多次催促的交代，也是对自己"为人不能食言"的佐证，也更是不敢让朋友比如白石先生做个"食言者"的证明。我的秉性决定了我的脾气，而我的脾气也就决定了我的秉性。我从不会转弯抹角，因而也就自然而然地喜欢真实的存在，无论做人还是做事。

我，小草一棵而已，风风雨雨、磕磕绊绊，虽经历半个多世纪，时代的车轮亦从我身边轰隆经过，我也曾随时代的脚步而步履趔趄而呼声阵阵，但总体来说，我的生命历程平淡而又平淡，脚步声亦自然而然地轻而又轻。但"古今一也，人与我相同"，既然如此，则生命历程、前行脚步声有如我者，大有人在。我曾因生活而哭而笑而悲而喜而呼而号，自然，与我共情而同感者也就不乏其人。哭笑不得，悲喜同在，渺小与伟大同处共室，低贱与高尚共舞同蹈，让我们共勉——迈开自己的脚步，跟上生活的节奏，勇敢而坚强地，朝着太阳升起的地方，向前！向前！再向前！至于给它起个什么样的名字，我考虑了再考虑。我的所记所写无非自己过往的一些脚步声及其回音，而这又是以诗歌——无论是现当代的自由诗体还是行数、字数以及韵律格式都无严格限制的古风体——形式而呈现的，多多少少也有点合辙押韵的味道，于是就姑且定名为"步履存韵"。

这部作品能够出版，第一贡献人便是我的老同桌、老朋友白石先生；第二便是太白文艺出版社，特别是编辑蔡晶晶为此书付出的努力；同时，观澜中学的领导与同事体恤有加，在此，我一并深表感谢并致以崇高之敬意。

2011年2月于浙江台州
2023年3月定于三门观澜中学